心之約

The Covenant of Hearts

戴國平 Claudia

獻給愛我至深的天父
以及一直守護著我的爸媽

目錄

第一部　起風

人心籌算自己的道路；惟耶和華指引他的腳步。

——箴言十六：9

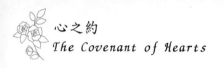

1.

　　十二月下旬，聖誕節的前一周，倫敦曚曚亮的天空突然飄下雪，恰好落在黎又晴的臉龐上。

　　她抬頭仰望，伸出雙掌承接從天而降的雪花，拍拍冰冷的雙頰，側身拉起行李箱拉桿時，睡眼惺忪的喬尼迎面而來；她腦中浮現的，全是昨晚睡前兩人的爭執畫面。

　　「明天幾點飛機？要出發了，也不跟我說一聲？還氣我昨天沒提出差，忘了答應妳去購物的事？妳知道，查理臨時點名，要我趕在聖誕節之前，一早飛去法蘭克福跟客戶提案。我一累，腦袋就不靈光，是我的疏忽。」

　　見又晴沒說話，喬尼添上一句：「幸好，一回家，洛伊及時告訴我，妳明天早上搭機去台灣。」

　　「跟你出差無關。反正，沒剩幾個鐘頭，說不說都沒差。要去睡了。」

　　她撇下喬尼，進到浴室關上門，倚著盥洗台，仰望窗外一片漆黑的天空，想起遙遠的家鄉，包括在英國多年，從留學結婚生子，總是竭力奮鬥的生活，激動的情緒霎那間全浮上來。

　　「根本是藉口！早說過回台灣的安排，至少三次。查理不過是個指派工作的上司，我們也不是第一天當夫妻，越來越沒把我的話放在心裡。假如洛伊沒說，搞不好等我抵達時，他還不知道我回去了，真是越想越氣！」

　　望著鏡裡的自己，清爽的直短髮，兩周前才修剪的；膚

色偏白的兩頰上有不少曬斑，抬頭紋與魚尾紋日趨明顯，脂肪堆積的腰腹已取代當年苗條身形。幸好身高一百六十三公分，骨架小，雖飆升五十七公斤，整體看來不致太擁腫。

同樣地，隔道門外，仍在廚房吃消夜，高她二十公分，褐髮藍眼的喬尼，年紀長她兩歲，如今體重多她二十公斤，年輕時瘦長的身材已不復見。月初才剛過了五十二歲生日，只有在她面前，自然露出的笑臉始終存在。

她不是不明白夫妻相處之道，卻也的確生喬尼的悶氣，身心疲憊，面容憔悴，更覺煩悶不悅。

「唉，結婚多年，當然能體諒他工作的辛苦，平日沒事就算了，這次情況可不同。明天要搭機，他完全不像平時那樣，一點都沒察覺我的倉皇不安。」

上周，接到又宸打來的越洋電話，母親仲玉從浴室椅凳上跌下來，還撞到頭，建議她最好回台灣一趟。

跌倒是小事，聽著對方陳訴的低沉聲音，又晴心裡總覺得不太對勁，掛上電話，二話不說，查詢航班日期與價格，隔天機票訂妥，當晚將消息分別告知喬尼與洛伊。

看著眼前的喬尼，特地一早起來送行，擺在臉上的歉意明顯可見，她心裡一陣微喜，依舊一本正經，彼此隔著行李，望著他不發一語。

只穿件薄上衣的喬尼，一頭捲髮凌亂未理，直接把行李挪開，湊過來把她緊緊抱住，用手輕撫她的頭髮。

「一路平安，照顧自己，抵達時跟我說一聲。別擔心這裡，有我在，洛伊也會幫忙，妳放心去看媽就好，並代我問

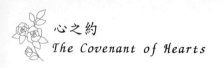

候又宸一家人。」

白雪紛飛,她窩在喬尼的臂膀中,感受對方身上熟悉不過的溫暖氣味,任憑腦海中混著五味雜陳的情緒,眼眶禁不住濕潤起來。

「嗯。」

點頭回應,又晴拉起行李箱快步走出巷口左轉,走到不遠的站牌旁,搭乘公車駛往地鐵站,一路前往倫敦希斯洛國際機場。

窗外的寒風冷冽地吹著,第二航廈早已聚集不少旅客,在不同櫃檯前等著辦理出境。

又晴心想,這些旅客也許跟她一樣,正準備飛往暖和的國度避寒。只是她少了雀躍笑容,心中積壓的,除了對遠方家人的牽腸掛肚,更多了近鄉情怯的不知所措。

二十四年前離開新竹,飛往倫敦留學,隔年秋天畢業,獲得音樂碩士學位後,過不久,竟因喬尼的求婚毅然留下。

只憑一份嫁雞隨雞的心念,瞬間超越內心種種疑慮,如何在異鄉謀生,甚至相繼而來,隨時得面對挑戰與壓力的工作、家庭與小孩。

斟酌權衡之下,一心只掛念身上肩負的一切,離她相隔遙遠的故鄉,只能退居次位,好端端地停駐在她的記憶裡。抽不開身的她,實際返鄉的次數簡直寥寥無幾,區區幾根手指就可數算。

歲月流轉,又晴已步入中年,四個月前才剛迎接五十歲生日的到來。

承擔相夫教子責任多年，對仲玉的印象依舊完好如昔，即使母女相隔兩地，幾年才見面一次。從小到大承接的耳提面命，總是她背後強大靠山的仲玉，一身堅毅氣息，所向無敵的架式，仍在她心裡屹立不搖。

即將登機的忐忑不安，又晴喚起當年第一次搭飛機的心境，一人飄洋過海到英國留學。仲玉對她的殷殷期許，也自此落在內心深處。

坐在返台的客機上，歷經漫長十幾個小時的航程，一想起又宸的話只覺納悶，難以想像，自信頑強且老當益壯的仲玉，大小事都能妥當處理的強勢模樣，怎會允許意外的發生。

周日上午，飛機平安抵達桃園機場第二航廈。走進入境大廳，一男一女正在入口處向她揮手。

左側的是差她兩歲的黎又宸，身高一百七十五公分，一頭俐落短髮，落在方形寬臉上，膚色黝黑，鼻樑上架著黑框眼鏡。藍色粗條格的襯衫搭配灰色卡其褲，將微胖的身軀修飾不少。

弟媳李芸之站在右側，比又宸矮半個頭，齊肩捲髮，身穿棕色線衫與黑色長褲，剪了瀏海造型的圓潤臉蛋上，有雙鳳眼，笑起來總會瞇成一線。

「姊，好久不見！」

「媽的情況如何？怎麼會跌倒？」

「她在一樓浴室打掃，發現上方電燈的外罩髒了，爬上椅凳，想稍微清潔一下，結果手一滑沒站穩摔下來，頭撞到牆壁。當時我人在廚房，聽到巨響，趕緊將她送醫。」

第一部 起風

　　又宸說完，換芸之接口：「手腳擦傷的部分已做處理，需要花時間恢復。倒是醫生比較在意頭部，說老人家千萬摔不得，趁機要她去做個詳細檢查，過幾天會收到通知。我想，有這位女醫生的體貼提醒，媽肯定沒事的。」

　　芸之還是一樣，率真樂觀的個性，總讓又晴好生羨慕，怎樣也學不來。

　　「是嗎？要做詳細檢查，希望結果如妳所說。」

　　「姊，還有件事。妳知道媽向來的個性，她說看過醫生就好，沒什麼大不了，再三叮嚀我們別把這件事告訴妳。只是我們倆商量過後，還是決定向妳坦白。」

　　望著表情愕然的又晴，芸之從提袋裡取出水壺，潤喉後繼續陳述：「我的意思是，這次要妳回來，是又宸的建議。媽不知道妳今天回來。」

　　「什麼？為什麼不要跟我說？媽是覺得，反正我在倫敦不關我的事？還是根本忘了我的存在？既然這樣，你們又要我回來做什麼？」

　　從得知仲玉跌倒的消息開始，一想起對方就胡思亂想，連在飛機上也無法平心靜氣，又晴忍不住提高聲調，臉紅耳赤，一連串的質疑脫口而出，引來不少路過旅客的側目，場面尷尬。

　　「姊，妳先別發怒，不是這樣的。」

　　又宸直說仲玉凡事總會一肩扛起，哪有可能不希望她回來，只是不想引來過度擔心。

　　「我會建議妳回來，是覺得媽年紀畢竟大了，好幾年沒

見到妳，要是能夠當面瞭解她的情況，妳一定也會放心許多，給媽個驚喜也是好的，不是嗎？」

見又晴沉默不語，夫妻倆沒再多說，三人逕往停車場走去。

下了高速公路，行經清華大學，順著麗池前行，不久，在又晴眼前佇立的是她四年未見，包覆層層過往記憶，巷弄裡獨棟三層樓的舊式屋舍，以及那扇漆著褚紅色，內心備感思念的黎家大門。

三個人一起走進仲玉的房間，又宸把又晴推向她面前。

「媽，妳看誰來了？」

「小晴？不是要你們別說嗎？不過是個小跌倒，又沒什麼大礙，根本不用特地從倫敦專程飛來一趟，又得奔波，又很花錢。」

躺在木製搖椅上才醒來的仲玉，看到面前的又晴立即開口，儘管說話模式彷彿昨日重現，倒是單單從她嘴裡吐出的話語，在又晴耳裡聽來早已不若過往。

仲玉一頭白髮，不再如昔勤於染燙，臉上的皺紋，有氣無力的虛弱面容，都讓又晴感到震驚，完全超乎搭機前的想像範圍。

「四年來，媽心裡總是牽掛著姊，常說不知何時可以再相見。此刻，姊好好地站在媽的面前，真是太好了！」

芸之的一席話，及時安撫仲玉的情緒，讓她原已半張開的口再度闔上，把本想叨念的話吞下去。

再次望著機靈大方的芸之，又晴回想她進黎家多年，總

第一部 起風

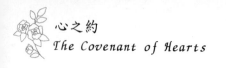

知道何時何地用話逗樂仲玉。光憑這一點，又晴就更加吃味不少。

她不是不明白自己的不足，比不上能言善道的芸之，尤其討厭她自身謹慎的個性，無法說出口的甜言蜜語；相對之下，她也深感慶幸，遇到馬修與凱特。湯普森家的這對公婆，從不曾挑剔過她自嫌的孤僻彆扭。

若說在人生道路上，仲玉是又晴前方的旭日，時時照亮她邁開大步，卻無法全然直視，相對地，凱特是她得以仰望的月亮，夜深人靜裡能倚靠的溫暖。

「又晴，我覺得，妳是神賜給我們一家人最棒的禮物。」

那是喬尼邀她回約克老家，第一次見到馬修與凱特，凱特與她私下聊天時給予的稱讚，還聊起喬尼的命名原因。

原來「喬尼」是凱特懷孕時，透過不停地禱告，神給的回應與祝福，意思是「神的禮物」。虔誠單純的凱特從沒料過喬尼的心思變化，加上周圍朋友的影響，長大後不僅排斥神，在談過幾場慘烈的戀情後，甚至打定主意，決心當個單身漢。

即使知道會讓母親失望，喬尼仍是一貫表明終身不娶的堅持。

「要不是妳的出現，這個家就會一直維持原狀，我的身分也會維持原狀，永遠只是馬修的老婆，加上喬尼的媽媽。」

「伯母，妳弄錯了，我跟喬尼剛認識不久，兩人只是朋友。而且，我也不是基督徒。」

「喬尼是我兒子，今天一見到妳，我就明白他很喜歡妳，我們也喜歡妳。我知道妳是神允諾的約定，賜給喬尼的伴侶。」

凱特的確沒說錯，一年後，神履行祂給的約定。

從又晴嫁入湯普森家開始，僅有獨子喬尼，膝下無女兒的馬修與凱特，每次見到她，細心傳授廚藝料理，教她熟悉處理家中大小事，瞭解英國的生活習性，打從心裡把她視為女兒，讓她受寵若驚，又暗自覺得榮幸。

「謝謝妳嫁給喬尼，他的缺點不少，耐心不夠，一急起來就容易出狀況，說話總是有口無心，但他是個好孩子，要請妳多體諒。」

馬修一致贊同：「妳媽沒說錯，我們家的兒子，就交由妳全權處理。」

比起有話直說，喜歡直接糾正又晴的喬尼，公婆曉得她拙於處理家事，凡事重細節，又常流露出小心翼翼，緊張兮兮的神情，仍慷慨給予無限的寬容體諒。

儘管她常嫌自己愛擔心，太過拘謹放不開的個性，與公婆難能可貴的情分，的確是她的最佳助力，支持她走過多年的異國婚姻。

仲玉的視線停在又晴臉上幾秒後，轉頭對芸之開口。

「芸之，小晴飛了十幾個小時，肯定又累又餓，妳待會記得準備食物，讓她填飽肚子。我頭還有點疼，想再休息一下。」

「媽，好的，我們先出去。」

又宸步出房門前往客廳，芸之帶著又晴到廚房，把早上預先買好的包子蒸熱，耐心等她吃完，才各自回房休息。

又晴的房間位在二樓右側，左側的書房原是仲玉的房間，自從五年前，她嫌年紀大爬樓不便，與又宸商量，把房間跟書房整理互換，遷往一樓。

三樓右側是又宸夫妻倆的房間，左側是獨子曜昇的房間。

又宸高中畢業後，留在新竹繼續念大學，跟著在竹科工作，擔任研發技術員。家住台南的芸之，考量兩人的未來，也留在竹科工作，在另一家公司的人資部擔任助理，累積實務經驗。

上班工作一陣子，又宸與芸之決定結婚組成家庭。之後，又晴前往倫敦，開啟她的留學生涯。接下來的喜事，是黎家開心迎接第三代曜昇的到來。

曜昇的年紀比洛伊大幾歲，目前在高雄念書，是企管系大三的學生。除了工讀，正在準備研究所的考試。考量南北奔波的路程，芸之反倒叮嚀他不用特意常回來，一切等畢業後再說。

倒是又晴，跨入四年未進的房間，看見從小到大的擺設，心情當下放鬆不少。

床頭櫃上擺著的泰迪熊與史奴比玩偶，陪她走過青澀的年輕歲月，好端端地在原處迎接她的歸來；不同類型的書籍陳列在書架上，夾雜著小說、散文與漫畫，以及從小到大的畢業紀念冊。

木製書桌上，左側擺放著她大學畢業典禮時，母女拍攝的合影。右側的照片則是婚後，喬尼跟她，帶著四歲的洛伊，一家三口第一次回來台灣，去日月潭遊玩時拍的。

「媽的狀況怎麼跟之前差好多，態度也差好多，難道真是把我當成遠客了？」

正覺納悶，又宸敲門進來，記得她飯後喝杯茶的習慣，送來剛泡好的金萱烏龍，叮嚀她別太在意仲玉的話。

「姊，妳肯定累了，喝杯茶休息一會。別忘了撥電話跟姊夫說一聲，讓他放心。」

「喔，我差點忘了，幸好你提醒！」

又晴關上門，傳個訊息跟喬尼報平安後，放下手機，轉頭看著房間裡熟悉的一切。也許還是在意著仲玉的反應，她沒有丁點放鬆的感覺，更覺煩躁。

沒過兩分鐘，喬尼傳來訊息，趁假日跟洛伊回去約克探望馬修，晚一點會傳照片，分享祖孫三人一同用餐的模樣。

看著訊息，又晴想起已離去的凱特。

「又晴，即使我不在了，即使妳不是基督徒，只要想起我時，就打開這本聖經，神的愛，還有我的愛一直都陪著妳，不管遇到任何困難，會給妳最大的力量克服一切。湯普森家的這對父子，從此請妳多照顧了！」

兩年前，凱特乳癌復發，離世前夕把跟她多年，書扉依舊保持完好的聖經包裝成禮物，交給又晴，說裡面除了多處畫線標示，還有她自己的註解。當時凱特緊握她的手，交託囑咐的慈祥面容，更讓她淚流不止，泣不成聲。

凱特走後，她主動跟喬尼商量，兩人決定調整休假時間，準備一些她的拿手菜，定期回去約克探訪獨居的馬修，承接凱特的陪伴。

第一部 起風

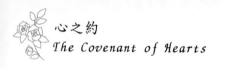
「這祖孫三個人竟然一起做出拿筷子夾菜的動作，而且，看爸微笑的模樣，真是開心。」

此時此刻，坐在椅上的又晴，看著喬尼傳來的合照，一手拿起旁邊的手提袋，取出凱特留給她的禮物，擺在桌上。

儘管這份禮物未曾拆封，自從到她手中那天開始，只是妥善存放在抽屜裡。即便她不時會想起凱特，也未遵其所囑，聖經的扉頁仍舊緊閉。

直到又宸的來電，又晴得知仲玉跌倒的隔天，訂好機票，打包行李時，突然腦中閃過凱特的笑容，才臨時決定把禮物取出，帶它一同返台。

從小到大的點點滴滴，從又晴的腦海中接續浮現，包括這四年來，刻意封閉的自己。

喝完茶起身，她輕拍著史努比玩偶，從當年凱特包好的紙袋裡取出聖經，映入眼中的是浮貼在棕色封面上的紫色小卡，原來上面有兩句話，是凱特留下的筆跡。

卡片上方，是黑色筆跡的經文：「愛裡沒有懼怕；愛既完全，就把懼怕除去。」（**約翰一書四：18a**）卡片下方，是藍色筆跡的祝福：「又晴，願神賜福給妳，時時刻刻都平安喜樂，喬尼就交給妳了。」

2.

午覺起來，又晴打開躺在書櫃旁，第一次陪她返家的淺粉紅行李箱。那是四年前的夏天，她獨自回來新竹時選購的。

　　當時天氣炎熱,她先去久違的飲料店點杯冰咖啡,之後走進隔壁的專賣箱包店閒逛,一眼瞧見此款行李箱,立在角落,毫不遲疑買下來。

　　行李箱的顏色,讓她記起十四歲那年生日,收到的淺粉紅居家服,是父親峻杭送的,跟她常用的米白色帆布袋很搭。後來,那件上衣成為她的紀念品,跟她一起飄洋過海,待在倫敦定居。

　　又晴以為,汰換老舊的行李箱後,說不定她就會常去旅行,像旅遊節目中,令她羨慕的陌生旅人。她常想,或許只需一份往前跨出的勇氣,便能在世界各地生存。

　　四年來,行李箱還是待在臥房角落,無聲無息等待著她。事實上,她只待在英國,其他國家都沒去,穿梭在工作與家人之間,最遠頂多到約克,在凱特走後,一家人定期回去探望馬修。

　　年紀越長,她越來越懶得出門,僅僅去倫敦近郊或不遠的小鎮鄉村,短暫的半日遊還得由喬尼與洛伊三催四請,一家人才得以成行。

　　「我才五十歲,還可以繼續工作。」

　　今年八月中,又晴過完五十歲生日隔天,喬尼直截了當提出建議。

　　「妳的身體最近傳達出來的訊息,可不是如此,該引退職場了!忙碌這麼多年,妳又不是不知道自己身體的情況,還得承受多少的操勞?要知道心力一旦耗盡,可不是件好事。」

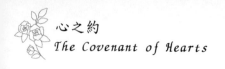
「你這樣說，是嫌我老了？」

「怎麼會，妳可是我最愛的老婆。別忘了，這想法是妳先提出來的。」

半年前，又晴考慮曾好幾次因心臟因素送醫，檢查後雖無大礙，卻讓她不時擔心有一天會無法負荷，所以才跟喬尼商量，只是當時，尚未仔細考慮退休後的打算，舉棋不定。

想不到喬尼把此事擱在心裡，說洛伊已從高中畢業，進入空檔年的階段，不急著升大學或就業打算，可是她最佳的退休時機，不僅能免於長期以來對女兒課業的操煩，還有餘力思考下一步。

夫妻倆工作多年，家中經濟早已無慮，加上喬尼不斷分析勸說，又晴終於妥協，向校方告知決定並獲准，卸除中學音樂老師一職。

當時從事這份工作，只是讓她能在異鄉待下來，與喬尼一同為人生奮鬥。然而，嚴格的自我要求，長期下來造成心力交瘁，終究難以負荷。

退休後，生活步調放慢不久，獲知仲玉跌倒的消息。幸好肩上已無工作負擔，毫無牽掛，迅速決定返台的安排。

又晴把工整折疊的衣服，一一從行李箱拿出來掛好，瞧見書櫃上擺著許多的童年相冊，全是峻杭留下的傑作。喜歡攝影的他，常趁著假日出遊，拍下一家人的快樂模樣。

「來，要拍啦，笑一個。」

鏡頭下的仲玉，呈現一貫的優雅美麗，風姿耀眼。

「媽媽真的好漂亮！」年幼的又晴，常隨著峻杭的鏡頭

仰望仲玉，暗自吐露內心的稱讚。

　　不管是展現一頭新燙的俏麗短髮，或牽著兒女的小手走著，尤其一家人在公園裡悠閒賞花，望著藍天白雲變化萬千的瞬間，仲玉的美麗，總能透過峻杭精湛的拍攝技巧，留下永恆的風采。

　　結婚十五年來，趙仲玉一直是黎峻杭捧在手心上的珍寶，對她百般呵護與疼愛，婚後的她成為姊妹淘裡，最令人稱羨的幸運兒。

　　仲玉在班上的成績名列前茅，夢想是有朝一日成為旅行各地的插畫家，奔馳在繪畫世界裡。升高三那年，當班上同學忙著升學，計畫各自未來的無限夢想，她考量務農簡樸家境，想盡全力協助雙親，毅然放下夢想，選擇務實的科系，讓家人能少點辛苦，多點輕鬆。

　　從原本的文科改讀商科，仲玉經歷熬夜苦讀，順利到台北念大學，照樣年年贏得獎學金，只因心裡明白，再多滿腹的夢想，踏穩現實後才有機會實現。

　　畢業後，她返回新竹工作，進入合作社擔任正式職員，半年後，透過楊老師與方師母夫妻倆的熱情牽線，與大她八歲的峻杭見面。個性耿直的峻杭只談過一場戀愛，卻因個性害羞謹慎，戀情尚未開花，對象已消失無蹤。

　　「妳好，我是黎峻杭，方師母是我中學時的導師，要我過來喝杯茶，跟妳見個面，別介意。」

　　「當然不介意，我的原因跟你一樣，不過，要我來的是

第一部　起風

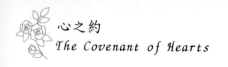
楊老師，他是我念高中時的國文老師。呵呵！」

多年來，峻杭原在台北的藥廠擔任研究人員，因父親病故，身為黎家長子，考量妹妹雅好已嫁到雲林，有家庭要照顧，他決定一手接下父親的擔子，回新竹經營藥房，也能不時陪伴獨居的母親。

身邊從不乏追求者的仲玉，從小看著雙親奔忙的辛苦，瞭解「貧賤夫妻百事哀」的道理。早熟的她對愛情少了風花雪月的幻想，只想挑選踏實的對象穩定生活。因此，當她接到楊老師的邀約，毫不猶豫前往赴約。

喜愛藝術的兩人一見如故，連害羞的峻杭都難以想像，能與初次見面，氣質出眾的仲玉談得來。雙方達成共識，以結婚為前提開始交往，一年半後，黎趙兩家的兒女結成連理。

婚後短短幾年，又晴與又宸陸續到來，省吃儉用的峻杭，不僅恪守本分養家餬口，並盡力協助仲玉達成內心的允諾，一起運用她的商學知識，改善娘家的經濟狀況。

在考量照顧峻杭與教養孩子的雙重需求，仲玉選擇辭去合作社的工作，承擔起相夫教子的責任。充分運用彈性時間充實知識，偶而能忙裡抽閒，一拾畫筆，重溫年少的夢想。

這對夫妻多年來鶼鰈情深的模樣，常是兩家親友之間流傳的佳話。

「什麼？醫院急診室？怎麼回事？我馬上過去。」

在過完十四歲生日後的隔周，秋天氣息尚未正式到來的八月底，又晴仍記得那天傍晚，外面下著傾盆大雨，剛做好

飯的仲玉，掛上陌生來電後，在客廳裡發出的吶喊。

又晴感到疑惑，不知道發生什麼，仲玉簡單交代她幾句後匆忙外出，直到深夜才回來。又宸早已入睡，她則躺在床上，翻來覆去毫無睡意，決定起身，一探究竟。

走出房門，客廳大燈依舊亮著，又晴只見沙發上仲玉一人的背影，不禁想起每晚臨睡前，雙親總會坐在沙發上跟她道晚安的場景。心裡一股強烈的不安，她仍蹲在客廳角落觀望著。

在又晴五十年的人生，那是第一次，也是最後一次，聽見仲玉絕望的低泣聲，不間斷從口中冒出，與屋外滴答的雨聲相互交錯，瞬間猛擊她的胸口，引發隨後大量溢出的無聲淚水，浸濕身上那件淺粉紅居家服。

兩周後，仲玉代表黎家，帶著她跟又宸，與一旁的雅好夫婦，舉行簡單的告別式。

那場大雨的夜晚，峻杭把藥房的門關上後返家，過馬路時，與轉彎口快速駛出的小貨車發生碰撞。擦傷的貨車司機宣稱因天雨路滑，視線模糊，才會發生意外。

當時，一對情侶路過，隨即發現倒地在旁的峻杭，立即叫救護車送醫。在仲玉跨進急診室，才剛奔到病床前，夫妻對看幾秒，人便撒手離去。

「是不是兩人一直太幸福啦，才會發生這樣的事？哪像我們總是大吵大鬧，什麼事也沒有。」

「妳沒看見現在是什麼狀況，別口無遮攔，小心隔牆有耳。」

第一部　起風

又晴還記得當時在告別式，不經意聽見表姨跟表姨丈的對話。她看著初次見面的表姨與表姨丈，還有夫妻倆說話的模樣，再看著一旁滿臉哀傷，肅穆神情的仲玉，腦海裡浮現的全是峻杭溫柔的笑臉，大把眼淚再度掉下。

雖值青春年華，又晴彷彿已能領悟獲得幸福的難能可貴，包括幸福消去的難以捉摸，正如雙親彼此的最後一面，竟只有短短幾秒的無奈。她倉促對人生下了定論，只因感受苦難的無所不在。

仲玉醒來，看見坐在床鋪旁椅凳上的又晴，問道：「妳就這樣跑回來，學校不用教課？事先請了假？喬尼與洛伊都好嗎？」

無法猜測仲玉的表情，又晴一陣遲疑，低頭盯著放在腿上的雙手，過了幾秒才故作輕鬆地回應。

「他們都好。我在開學前辭掉工作，正式退休。現在是專職的家庭主婦，其實說來是無所事事。」

「專職主婦也很好，不就跟我一樣。小晴，妳別在意，我只想瞭解妳的近況才會問妳。」

仲玉突然伸出布滿皺紋的左手，穩穩蓋住又晴的右手，一股溫暖瞬間滲入，從又晴手背流入心裡。

在她的童年記憶裡，每次只要一家人出門，仲玉最開心的時刻，莫過於牽著她與又宸，跟在前方領路的峻杭後面，母子三人一邊唱歌一邊踱步，無憂無慮。

印象最深的一次是峻杭生日，一家人外出吃完飯，在公園散步時，她聽見仲玉的話。

「老公，生日快樂！謝謝你，因為有你，我才能享受當妻子與母親的喜悅。你知道，只要握著你跟孩子們的手，就讓我感到很安心。」

「嗯，那我也要謝謝妳。因為有妳，我才能享受當丈夫與父親的喜悅。」

「你別學我說話，我可是認真的。你還記得，從交往開始，每次我們見完面，各自回家前，你都會握住我的手，說要一直牽手走下去。」

「當然記得，那是我的心願。」

「也是我的心願。」

記憶猶在，又晴卻再也聽不見雙親彼此的甜蜜交流。

峻杭走後，仲玉一肩挑起藥房的責任，日以繼夜研讀相關知識，轉換職場重新來過，不僅多聘位藥劑師提供協助，還要母兼父職照顧家庭，抽空探望婆婆與娘家，終日忙進忙出，美滿無憂的主婦生活已消失無蹤。

唯一不變的，是仲玉那一刻的笑容，一直停格在又晴腦海裡。

不管是出門或待在家裡，只要有機會母女獨處，又晴總有股衝動，想代替峻杭握住仲玉的手，重溫那份安心感，更渴望重見對方鮮少出現的笑容。

可是，只要又晴小心翼翼伸出手，剛碰到仲玉的手指，對方竟能不動聲色，本能似地挪開，嚇得她迅速把手縮回。嘗試幾次後，又晴選擇放棄，深深埋藏掉那份終究無法實現的期待。

第一部　起風

直到婚後，喬尼跟她帶著洛伊，一家人踏上台灣，站在仲玉面前，當年那份落空的期待，竟再次出現。

仲玉首次見到四歲大的洛伊，梳著兩個辮子，臉頰上夾雜些許雀斑，向她走來的小小身軀，立即開懷笑著。她彎下腰抱起洛伊，輕握她的小手，再轉過身面對又晴，同時握緊她的右手：「跟現在相比，妳小時候的手，也是好小好暖。」

又晴只記得當時，太過訝異，什麼話都沒回應，只有一昧地猛點頭，還有內心的滿足。

如今，年邁的仲玉望著又晴，同樣在等她回應的神情，又晴一五一十陳述心臟的毛病，包括喬尼的堅持到底。

「我沒看錯，喬尼真是個好丈夫。」

「是嗎？要跟爸相比，他還差很多。」

在記憶中，又晴很少看見雙親衝突的畫面，就算是一點小爭執，幾乎都是仲玉表達居多，峻杭只會笑笑帶過，尊重妻子的決定。哪像喬尼跟她，常常意見不同，畢竟一個是心直口快，一個則是謹慎過度，常生悶氣。

「別這麼想，也千萬別把喬尼跟妳爸比，對誰都不公平，他們是不一樣的人。俗話說：『一日夫妻百日恩，百日夫妻似海深。』夫妻姻緣一場，最重要的是懂得惜緣惜福。」

話說完，她把又晴的手握得更緊。

3.

喬尼‧湯普森在約克出生長大，大學時念資訊工程，畢

業工作四年，南下至倫敦轉換環境，增加專業能力，重回校園攻讀碩士。取得學位後，任職於倫敦市區的一家電子公司，擔任電腦工程師，負責程式設計與網頁開發。

向來不曾刻意嚮往異國戀的又晴，不曾料到，有一天會遇到高壯身軀，一頭褐色短捲髮的喬尼。有張和善笑臉，個性開朗健談，如燦爛陽光般乍現在她面前，貿然走進她平凡無奇的人生。

自始至終，她只覺得不可思議，個性南轅北轍的兩個人最後會走在一起，成為彼此生命中最重要的人。

十一月初，天氣突然轉涼的那天，又晴前往宿舍附近超市採購，走出店家後，有位陌生的高壯男生突然跑到她面前。

「嗨，這張卡片是妳的吧，剛掉在店門口，我一看到就撿起來，趁妳走之前交給妳。」

「對，是我的，沒注意到從皮夾裡掉出來，我真粗心，謝謝你的幫忙。」

「不客氣，小心點，掉了就麻煩了。」

第一次碰見喬尼，又晴只視為一面之緣，道謝後立即離去，並未把對方放在心上。

第二次碰見喬尼，是她剛從學校的圖書館出來。才靠在門旁的石階，把借閱的書籍放入書袋，正要返回宿舍，在遍滿落葉的街道口，只見站在面前的他。

「啊，是妳！我們上周在街上見過一次，有印象嗎？」

「不好意思，我沒什麼印象。」

她向來對陌生人搭訕的行為極為反感，當下擺出一副甚

為冷漠的神情。

「那天下午，妳去特易購超市買東西出來，不小心把銀行卡掉在路上，我看到後撿起來，還跑過去交給妳。」

「喔，沒錯，我想起來了，你是那天幫我忙的人。抱歉，真不好意思，一時沒認出來。」

第三次的碰見在十二月初。兩人約在學校對面巷弄裡的小咖啡館，又晴堅持由她請喬尼喝杯咖啡，謝謝他的舉手之勞，才沒有造成金錢上的損失。

「不瞞妳說，我也在這裡念過書。三年前畢業後，偶而工作之餘，會回來校園逛逛。我很喜歡回來走走，尤其躺在校園的大綠地上，總能釋放壓力。上次來找朋友待幾天，竟碰見妳兩次。記得當時妳裝了不少書，還是學生吧？」

「嗯，我剛來英國沒多久，念音樂系。課業壓力不小，閱讀能協助我轉移壓力。我跟你不同，單單逛美麗的校園是不夠的，畢竟我是為了增強能力才來倫敦的。看書可以沉澱思緒，釋放情緒。」

一臉沉靜模樣的又晴，接續喬尼的話來自我調侃，頗讓他印象深刻，隨即開起話匣子。

「真巧，我媽也是音樂系畢業的。她算是不務正業，說音樂學了多年，還是烹飪最讓她開心，後來就跑去當廚師了。我爸常笑她太隨性，但誰也拿她沒轍。反正我可不介意，而且，她的料理還真是好吃。」

喬尼點了大杯拿鐵，先喝一大口，陳述往事。

「可惜的是家裡的那台鋼琴，老早被我媽冷落在一旁。

說起來，我還挺懷念小時候，常聽她彈琴自娛的時光。」

喬尼當下聊起家裡的細節，完全不在意讓壓根不熟的又晴知道。她也很意外，一點也不討厭眼前這位英國男生，一邊聽他說話，一邊觀看他臉上出現的生動表情，相當有趣。

面對喬尼的友好態度，完全不像她在班上認識的英國同學，常對她擺出一副愛理不理的模樣，讓她的心情舒坦許多。

來倫敦好幾個月，除了面對課業，她明白自己的內斂害羞，不容易交到朋友，不管是班上的同學，或幾個從台灣來的留學生，都只是點頭之交，不足以成為談心的朋友。

此刻，她與第三次見面，又是同校前後期的喬尼，坐在小型咖啡館裡，聽著店裡撥放的輕音樂，享受短暫悠閒的午後時光。難以置信，如夢般的美妙際遇，如今降臨在她的身上。

又晴會走上音樂的路，主因全來自峻杭。

峻杭還在台北工作時，一有空就會去聽鋼琴演奏會，沉浸在渾然忘我的境界,暫時抒發在藥廠研究工作的龐大壓力。

遷回新竹，尤其成家後，他更直接向仲玉表示，希望在家也能感受這樣的美好時光,最好的方式是培養孩子的琴藝，並喜歡以音樂為人生志向。

「小晴，來看爸爸給妳買的禮物。」

又晴五歲開始，峻杭一連串安排她上鋼琴課。儘管只是基於父親的期待，儘管學琴過程充滿各種挑戰與挫折，奇妙的是，只要她一坐在鋼琴前，任由雙手隨意撥弄黑白琴鍵，

第一部 起風

聽著流瀉的音聲滑過耳際，浮躁不安的心，一瞬間回歸平靜。

小小年紀的又晴知道，鋼琴會是她這一輩子最好的朋友。

峻杭的意外離開，加上仲玉的轉變，卻是她信念動搖的開始。

「小晴，先別彈了，我忙一整天，身體很累，想讓耳朵清淨一下。」

「好的，媽媽。」

從此，又晴不僅失去多年來，一直在身邊鼓勵，作為她忠實聽眾的峻杭，還不時要配合仲玉的情況，中斷或調整每日練琴的固定時間，甚至她一度認為，峻杭既已不在，放棄音樂也無可厚非。

不同於待在室內練琴的又晴，又宸喜歡的是戶外運動，從小到大，他身邊總有一夥愛運動的朋友，尤其鍾愛打籃球，很享受籃球入網那一刻的喜悅。

「媽，即使選擇念工程，升學壓力不輕，我仍希望每周可以跟朋友一起運動打球，次數縮減成一次也行，那是從小到大最讓我開心的事，希望妳能繼續支持我。」

聽見又宸的話，流露出的堅定與自信，再看見仲玉的點頭認同，倒是激勵起一旁的又晴，實在不該半途而廢，輕易放棄辛苦走來的音樂路，況且這條路上，乘載著峻杭的心願與祝福。

不只又晴，仲玉同樣記得峻杭殷切的心願。忙碌之餘，她仍會鼓勵又晴，想聽她的琴聲，看她的琴藝是否進步。同時，她也告知又晴，不管如何忙碌，都會支持她的選擇，只

要不輕易放棄。

關鍵是來自鋼琴不離不棄的陪伴，又晴終能確定心意，考進音樂系，證明累積多年的實力。

升上大四，遇到在國外念書，回來系上拜訪的學長姊們，聽著他們分享海外經驗，讓她決定出國深造，增強能力。自此，課業之餘，她前往才藝班工讀，大學畢業後工作三年多，存夠積蓄，獲得英國校方錄取，飛往異鄉。

「這樣吧，我下周要回家看爸媽，要是妳同意，不如跟我去一趟，妳應該沒去過約克。這樣一來，妳就可以看到那台鋼琴，說不定還能現場彈奏，讓我們聽聽，回味一番。」

爽朗的喬尼侃侃而談，脫口而出的邀約雖是意外，又晴卻無不悅之感，覺得那是對方對她的信賴，打從心裡浮現一陣暖意。的確如喬尼所述，除了倫敦，她還真是哪裡也沒去過，隨即點頭，應允對方。

兩人於周末依約一早出門，花好幾個小時的車程抵達約克，還有接連而來的驚喜。

原以為只是例行公事，陪喬尼回老家走走，想不到在他特意安排下，參觀了宏偉的約克大教堂與古羅馬城牆，再請她去著名的下午茶老店，享用茶點與精緻點心，傍晚時才返回老家。

「妳好，我是凱特，馬修在廚房幫忙，等下忙完就出來。」

未見到對方之前，又晴還以為喬尼的雙親，就是一般的白種英國人，原來凱特身上有二分之一的血統，是跟她一樣

第一部　起風

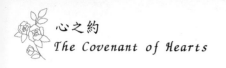

的，而且，還說著一口流利的中文。

「我爸爸跟妳一樣是華人，他是個醫生。」

凱特原姓張，婚後從夫，改姓湯普森。她的父親當年飄洋過海，從新加坡到英國留學，後來留在曼徹斯特的醫院工作，遇到母親薇拉，是一起在醫院工作的護理師。凱特小學畢業後，舉家搬至約克，在她上大二時，父親因心肌梗塞辭世。

大學畢業兩年後，凱特決定跟交往的馬修結婚。馬修在高中當數學老師，她也當過一陣子的鋼琴老師，卻在喬尼上小學三年級時，轉換跑道改當廚師，不時會在家裡，自行嘗試創作不同的料理。

凱特當廚師的原因不只為了自己。父親離世後，她想讓長年在醫院忙碌工作，向來不重視飲食的母親薇拉，在她與馬修一家三口，還有美味料理的陪伴下，開心健康地活著。

薇拉接納女兒的心意，常來陪伴湯普森一家人，直到喬尼念高中時，因心臟衰竭，在睡夢中辭世，結束七十八年的人生。

又晴跟著湯普森一家人，一同享用完美味的晚餐，凱特把她拉著到鋼琴前坐下，幾本琴譜已擺在面前。

「昨晚喬尼專程打電話來，說他要帶個台灣女生來家裡彈鋼琴，還特意交代我，記得把鋼琴整理擦拭好。呵呵，妳放心，我昨晚特意試了一下，這台鋼琴雖是老古董了，音色還不錯。」

轉頭望著坐在客廳，三個人迎面而來的期待目光，又晴

臨時獻藝，即興彈奏起腦海中浮現的《月光奏鳴曲》。

從峻杭走後，這首曲子她雖彈過很多次，常因對峻杭的思念感傷而中斷。直到今日，搭配湯普森家的琴鍵，第一次把三個樂章完整彈完。

當晚，凱特先帶又晴到客房聊天，並仔細交代盥洗與使用細節。就寢前，又晴躺在床上，回想彈琴時的舒暢心境，喚起更多記憶，全來自她跟峻杭之間。

小時候，只要看見又晴練鋼琴時感到受挫，開始埋怨手指不夠靈活，臉上充滿自怨自艾的模樣，峻杭就會走到她身邊，一次又一次，耐心提及貝多芬的《月光奏鳴曲》。

在不同風格的鋼琴演奏家中，貝多芬是峻杭的最愛。

他對貝多芬相當佩服，儘管作曲家的人生充滿挫折與挑戰，明白貝多芬有一顆善感的心，透過感同身受而譜寫出美妙樂曲，宛如《月光奏鳴曲》的誕生。如此心境創作出來的音樂，是感動人心的泉源。

峻杭喜歡聆聽《月光奏鳴曲》，透過平靜輕快的旋律中，感受一股生命的韌性。宛如他自己，獨自承受多年的孤單寂寞，終能在組成家庭，有了妻小之後，獲得渴望以久的幸福。

此刻，讓又晴最開心的，莫過於彈完之際，回味起凱特稱讚的話語。

「真是好聽，妳彈得真好。以後有機會，再請妳多彈幾首給我們欣賞。」

有一瞬間，又晴彷彿從凱特專注的神情中，隱約看見當初肯定她的峻杭。

第一部 起風

「不過我想，最開心的應該是喬尼，今天是他的生日，可是我現在才想起來，來不及自製生日蛋糕，還好你們下午去喝了茶，也吃了點心。」

一旁的喬尼則站在又晴的另一邊，瞇著眼望著她，同樣給予有力的讚賞。

「媽沒說錯，真如我所料，妳的琴藝很棒，完全不比媽遜色，帶妳回來，真是好極了，是我收過最好的生日禮物。」

「祝你生日快樂！不好意思，我什麼都沒準備。」

「哈，原本我就不太過生日的，是我媽說溜了嘴，別介意。」

不知是因為接連受到稱讚的原因，還是因為知道這家人有著華人的血統，又晴突然感受一股無形的力量，把她跟才見面幾次的喬尼，緊緊牽繫。

住在陌生的湯普森家，她睡得相當安穩，絲毫沒有慌張的感受，隔日一覺起來，神清氣爽，活力十足。

「謝謝妳，這趟回去很開心。跟妳在一起感覺真好。改天見！」

「也謝謝你，帶我去約克走走，很開心的周末假日，希望有機會能再去。」

「那是當然的，我們肯定還會常去的，我向妳保證。」

回到倫敦，喬尼送又晴回宿舍時，在離開前對她說的話，似乎向她傳遞著某種可以任她握在手心裡的希望。

喬尼一離開，她獨自一人走進宿舍，再次想起峻杭告別式那天，她對幸福的解讀，腦海中一陣混亂襲來，只感到昏

眩。

　　未曾預料的情緒衝擊，又晴明白對感情的再度渴望，又夾雜著惶恐不安，像隻緩慢踱步的烏龜，硬生生把頭縮起來。關上房間的門，她用力甩甩頭，深呼吸，退回到只有自己的小小保護殼裡。

　　即使多少遺傳仲玉的容貌，羞澀膽怯的又晴從不真正欣賞自己，向來缺少一股油然而生的自信心。

　　又晴的個性內向，小時候曾被鄰里幾個調皮的小男生無故捉弄過。

　　當時，她個頭雖小，兩隻辮子倒是格外明顯，不夠烏黑又毛躁，常被譏笑是個黃毛醜丫頭。幾個小男生會故意去拉扯她的辮子，或用泥巴弄髒她的裙子，站在一旁看著她哈哈大笑。又晴只覺得恐懼，一句話也不敢吭。

　　受到男生欺凌與嘲弄的往事，又晴一想起就耿耿於懷，指責自己為何會如此討人厭，不敢對雙親或又宸訴苦，委屈一直埋在內心深處。也是因此，她相當討厭留長髮。

　　「妳長得很可愛，跟我交往如何，黎又晴同學？」

　　「沒興趣，你找別的女同學吧。」

　　即使高中階段，班上有其他男同學示好，她也養成習慣一閃而過，深怕過往受捉弄的難看再度重演，寧願錯失任何嘗試初戀的機會。

　　相較之下，健談自信的又宸大方許多。

　　從青春期開始，他陸續談了幾段短暫戀情，繁忙的仲玉倒不反對，只交代他自己拿捏分寸，不影響功課為原則。多

第一部　起風

次敗北，讓他累積不少經驗，越挫越勇，面對愛情的挑戰更是勇往直前。

大二在同學邀約下，又宸加入登山社，遇到小他一屆的新生芸之，聊過後對彼此看對眼，開始一起參加團體活動，定期去爬山，到日後兩人的單獨行動，歷經幾年時光，確認雙方心意，決定共度一生。

又晴記得，有次假日她從台北返家，正要去廚房喝水時，聽見芸之來訪，還有與又宸的對話，讓她立刻迅速衝回房間，深怕一旦撞見，出現無法好好回應的窘態。

「你姊沒有交過男友嗎？」

「應該沒有，她很害羞的。我只記得她光是為了要進音樂系，花很多時間在練琴，家門都不常出，更別說談戀愛了。」

從約克回來後，又晴以為只要繼續如縮頭烏龜閃躲不理，就能相安無事，安全撤退。倒是她尚未察覺，等在前方的未知，神從天下降下的力量，早已備妥，將她推向一條截然不同的姻緣路。

4.

過了幾天，仲玉的擦傷逐漸癒合好轉，正值冬天，活動量不夠，體力顯然比之前衰弱許多；她多半待在屋內，在床上休息，不再像過去常會清晨出門散步，精神奕奕地跟街坊鄰居聊天說笑。

唯一的改變，是出自又宸的主張，把仲玉房內的躺椅搬

到廚房外側的庭院，趁天氣不錯，陽光乍現時，仲玉便能躺在上面休息，順便曬曬暖陽。

仲玉跌倒後，又宸與芸之分別向公司請假，輪流協助她就醫調養，如今天數已滿，加上又晴回來，夫妻倆陸續回歸工作崗位，早出晚歸，忙碌依舊，看顧的責任全落到又晴身上。

原本又晴只打算，最多待三周就會回英國，如今依照家中的情況，她考慮是否該把計畫擱置，以仲玉身體狀況為優先考量。

午覺醒來，仲玉人在房裡，見又晴進來，要她在床沿坐下，說有事要跟她談。

「媽，什麼事？」

她望著仲玉一本正經的樣子，不知所措，立刻想起抵達機場時，在又宸與芸之面前吐的怨言，難不成仲玉已知曉？啟口後，一陣惶恐倒先浮上心頭。正覺慌張之際，對方已伸手輕撫她的頭。

「小晴，這幾天看著妳，不禁讓我想起當時步入中年的我。那時候，我一心忙碌工作，只想讓妳單純念書生活，如今回想起來，才發現沒有花太多時間在妳身上，我們交流的機會並不多。」

又晴不明白，仲玉怎會突然提到往事。

「怎麼突然說這個？是又宸，還是芸之跟妳說了我什麼？」

仲玉搖頭。「跟他們無關。我想問的是，妳一定以為，在

第一部 起風

我心中比較重視小宸吧，尤其在妳爸走後，妳去台北念書前的那幾年。」

她直直望著又晴，毫不猶豫的眼神，似乎尚未開口，已反映出又晴的答案。

又晴回想小時候，峻杭的確是個一百分的好父親，對姊弟倆平等相待，沒有抱持重男輕女的傳統心態，總能滿足他們各自的需求。

她知道，自己一直都比不上，相當輕而易舉就足以討雙親歡心的又宸。

懂得察言觀色，說起話來頭頭是道，向來是又宸與生俱來的本事。從上小學開始，只要峻杭在家，他絕對是個讓眾人看起來聰明、愛念書又守規的好孩子，更知道如何逗仲玉開心，在她忙完料理與家務時，輕鬆開懷一笑。

相反地，又宸私下在又晴面前，有雙親不知的另一面。或許是對她善良謹言的天性很有把握，他不僅相當自我，更常常任意妄為，對她呼來喚去也是理所當然。

峻杭走後，姊弟不平衡的互動情況，隨著年歲增長而層出不窮。

「姊，我的作業還沒完成，妳先幫我處理這幾頁，我先跟同學出去騎腳踏車，拜託妳啦！」

又宸常常會丟下幾句話，作業丟到又晴手上，人馬上就溜出去了。

起初又晴不以為意，也覺得那不該由她負責，選擇置之不理。沒料到又宸回來，攤開隻字未動的作業，擺出一張臭

臉，不搭理她之外，還會挑仲玉回來時，大肆稱說功課很難，好順勢慫恿母親，要求又晴伸出援手。

「我還有事要忙，小晴，妳可以的話，就多幫小宸一下，家裡就你們姊弟倆，要互相幫忙。」

仲玉直接下達指令與交託，讓又宸毫無費力就達成目的，徒留說不出口，滿腹委屈的又晴，被迫點頭允諾。

等進入忙碌升學的高中階段，又宸常因談戀愛或外出約會，指使她代勞的次數越來越多，連說好平均分擔的家務也不例外；一忙起來，無法分神的仲玉，給的仍是雷同的回應，只讓又晴更壓抑也更鬱悶。

幾番思量，又晴終能鼓起勇氣向仲玉陳述不平，說明難處。仲玉答應會處理，情況卻未有任何改善，讓她看在眼裡，不僅生又宸的氣，更生仲玉的氣。

直到她離家北上讀大學後，回家次數變少，偶而回來，也不常碰見又宸，才慢慢放下積壓甚久的不悅。

「老實說，我一直都覺得媽是偏愛又宸的，不過，我並不怪媽，我知道是我的問題。我不如又宸聰明，也沒有討人歡心的特質，就連芸之的開朗都比不上。倒是我不明白，為何這趟回來，媽不希望讓我知情回來，好像把我當成遠方的訪客。」

經過多年，終於能有機會一口氣吐露內心的感受，她只覺得輕鬆許多。仲玉的回答倒讓她大吃一驚。

「小晴，不許妳看輕自己。以前我不常誇讚妳，但是我知道，善良體貼是妳的特質，是我跟妳爸最引以為傲的，也

是小宸無法相比的。況且，事情的後續發展也不是妳以為的那樣。」

當時，她以為仲玉根本不在乎她跟又宸的事，現在才知道，對方不僅記得又宸當時的所作所為，也沒忘掉她內心壓掉的憤慨不平。

仲玉娓娓道來，又晴去台北念書後，她已察覺又宸表裡不一的偏差行為，不管功課或家務，常會交代身邊的同學或女友代勞。

「手心手背都是肉，我並沒有特別偏愛小宸。倒是對妳，我反而在意有沒有把妳教好，因為妳有顆非常敏感的心，愛鑽牛角尖，考慮甚多，甚至還沒行動就先退縮。我的嚴格要求，包括要妳引導小宸，是想磨練妳，讓妳更有自信，獨當一面。」

儘管當初又晴曾給提醒，仲玉明白，又宸的自我中心根深蒂固，不易扭轉，只有在她面前才會收斂一些。

忙碌之餘，仲玉也會開始從旁規勸又宸，但她不打算向人在台北的又晴陳述細節，畢竟找到解決方法，引導又宸改變才是最大關鍵。

契機終於出現，即又宸帶一拍即合的芸之回黎家，介紹給仲玉認識的那一刻。她私下約芸之出來，誠實告知又宸的問題所在。

形同未來婆媳交心的兩人合力商量計策，決定從限制又宸零用金開始做起。仲玉要求又宸允諾，如果想跟芸之繼續交往，得要用課業表現來證明，還要去工讀，定期協助家務，

結果交由芸之來評分，印證他是否已腳踏實地，值得託付一生。

「芸之，我們要不要調整一下計畫？小宸最近睡眠不夠，瘦了一大圈。」

「伯母，放心，他沒問題，會撐過去的，我們要有信心，不能因為短暫的甜頭，喪失日後豐盛的成果。」

有時看著又宸的操勞辛苦，仲玉覺得不忍，反而芸之會從旁鼓勵，說只有堅持到底才能磨練他的心性，通過考驗，成為體貼成熟又有擔當的人，也說這樣的人，才是她想相伴一生的丈夫。

經過一段漫長時間，在又晴出國前不久，芸之確認又宸的改變，不再只會一昧把責任丟給他人，且能獨立處理難題，允諾他的求婚，正式踏進黎家，成為仲玉的媳婦。

「媽，我們終於收到豐碩的果實啦。」

「是啊，還好這幾年來有妳在旁，真是我的好媳婦。」

從安排婚禮，到前往沖繩度蜜月，再到曜昇的出生，婚姻生活中的大小事都是又宸決定，再與芸之共同處理。

又宸不僅樂於扛起為人父親的責任，珍惜為人夫與為人子的責任。同一屋簷下，他會主動提供家人需求，也會適時安排全家出遊。

這段過程漫長辛苦，換來的卻是無價的心滿意足，在仲玉心裡，芸之不只是媳婦，更像是她身旁不可或缺的另一個女兒。

「這樣啊，怎麼我回新竹，都不知道這些事。」

　　每次從台北回來，撞見芸之進出黎家的過高頻率，她的確一度不解，也只視為成是情侶的定期來訪，原來背後有著她一直不曉得的隱情，令她對芸之相當佩服，刮目相看。

　　「妳應該記得當時，小宸要不是去打工，就是跟芸之外出，很少與妳碰面。沒有讓妳知道的原因，是我看妳進大學後，過得比以往開心，覺得不用特意再提，活在過去不開心的記憶裡，不見得對妳比較好。」

　　「既然這樣，為什麼現在說出來？」

　　「因為，看著現在中年的妳，我才明白，還欠妳一個解釋。」

　　「現在的我？一個解釋？我不明白。」

　　「因為妳現在的模樣，像極了當時的我，即使在心繫的家人身旁，卻常常困在自己的世界，常常愁眉苦臉，一點也不開心。現在說出來，希望讓妳明白我的心情，其實，只要想改變，一切都不算晚。」

　　「當時的我，有芸之當得力助手一起努力，所以我希望，此刻我的分享也能成為妳的助力。」

　　仲玉坐起身，伸出雙手拉近又晴，當她是個孩子，輕輕擁抱著她。

　　「看著妳，想起多年前，沒有及時處理妳的心情，由妳獨自承擔小宸的麻煩，是我當母親的疏忽，跟妳說聲抱歉。」

　　仲玉停頓一會，再次躺回床上，溫柔地看著又晴。

　　「妳對我很重要，是我唯一的女兒，並不是遠方來的訪客。這次，不想通知妳跌倒的事，是怕成為妳內心的負擔，

但是我的確很開心，看到妳的出現。說了一堆，我渴了，幫我倒杯溫開水吧。」

又晴點頭，端水回來時，仍能強烈感受到內心情緒起伏與擺盪。

她看著仲玉，想起當初準備好行囊，搭機飛往倫敦念書的前一晚。當時仲玉對她說的話，連臉上的表情，彷彿再次重現。

「去英國後，一切都要靠妳自己。妳記得，勇敢面對自己的選擇，隨時鼓勵自己，要過得平安，讓我放心，也要開心生活。」

「媽放心，我一定會的。」

她更記得那時候，充滿自信的自己。如今一晃眼，已過二十多年。

「小晴，妳已經五十歲了，就算身體狀況不比從前，妳仍是我疼愛的孩子。什麼想法都可以放心說出來，我知道，妳依舊有能力去愛，也因為妳值得被愛。」

由仲玉口中吐出的一字一句，清晰烙印在又晴的心版上。她再次點頭，溫熱的淚水不斷從眼角滲出。

「謝謝媽。」

仲玉說畢，側身入睡，又晴闔上房門後出來。

她走到庭院，躺坐在仲玉的躺椅上，仰頭望著晴朗的天空，一陣清風輕拂過雙頰。從口袋裡拿起手機，分別傳出兩封訊息，問候遠方的喬尼與洛伊。

第一部　起風

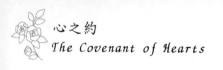

　　喬尼與又晴離開約克，回到倫敦，各自恢復忙碌的工作與念書，直到一個月後的周末，再次相約，先到附近的水石書店逛逛，再步行前往泰晤士河畔。

　　當時，聽見喬尼的問話，又晴內心浮現的全是倉皇失措。

　　「妳交過男朋友嗎？」

　　「一兩次吧，都很短暫。」

　　猜想對方一定有著數不清的戀愛經驗，相對沒太多經驗的她，猶豫好一會才吐露那一場耗費她三個月的深思熟慮，好不容易下決心交往的戀情，短暫一個月不到就草率結束，留下被對方甩掉的難堪。

　　「我喜歡妳，不如當我的女朋友吧！」

　　當羅子晏對她表白時，又晴的雙頰瞬間泛紅，訝異才華洋溢，外型俊秀的子晏，怎會挑選普通無奇的她當女友。

　　子晏大又晴三歲，行銷系畢業，在商務旅館擔任活動企畫專員，兩人在才藝班遇見的。當時他由擔任房務專員裕青的陪同，前往才藝班詢問學吉他的短期課程。

　　「黎又晴，哇，好久不見！妳怎麼在這裡？我是方裕青，記得我吧！」

　　「方裕青？跟我隔壁班，讀光華國中的方裕青？」

　　裕青順勢向前，拍拍又晴的肩膀大笑：「妳啊，別鬧了，妳認識的方裕青肯定只有我一個。倒是妳，根本沒變，只有頭髮長了，一眼就能認出來。」

「你現在帶著金絲眼鏡，斯文多了，也沒留以前的小平頭，我哪比得上你的好眼力，無法立刻想起來。」

「呵呵，看來說話的樣子也沒變。妳還沒回答我的問題，妳來這裡學音樂？」

「不是，我在這裡教鋼琴，每日的固定工作。」

「哇，想不到妳真的沒辜負伯父的期許，當上音樂老師，恭喜妳！對了，這是我公司同事羅子晏，光顧著跟妳說話，忘記介紹，不好意思。」

裕青再度拍著又晴肩膀，轉過頭對子晏說話：「這是我讀中學時的同學，隔壁班的黎又晴。」

透過又晴的引薦，班主任特別考量子晏的工作與時段，替他安排彈性的上課時段，還專門跟對方打個小廣告，稱讚又晴可是才藝班裡，最受學生歡迎的老師。

再次見面時，子晏事先確認好又晴的下課時段，坐在教室外的長椅上，等看見學生離開，又晴出來後才迎上前去。

「女生都喜歡吃巧克力的，這是送妳的小禮物，謝謝妳的從旁協助，讓我順利可以上吉他課。」

「別客氣，舉手之勞，可是，我不太吃巧克力，小禮物就不用了。」

「留著留著，送人禮物哪有回收的道理！這牌子的巧克力很好吃，沒有黏膩感，妳可以吃一小口看看，要真是不喜歡，再分享妳的朋友，肯定會有人喜歡的。」

無法婉拒子晏的堅持，又晴只好先道謝，收下禮物。

望著他露出的笑臉與一口白皙的牙齒，她再度想起初次

見面，帥氣自豪的子晏與踏實誠懇的裕青並肩站在一起，原來在她心裡早已打出評分：「嗯，這人還挺帥的，旁邊的裕青就覺得遜色不少。」

讀中學時，裕青與又晴分別是隔壁班的服務股長，因校內活動認識，常會聚在一起討論。

裕青小又晴兩個月，一個十月生，一個八月生。

裕青是方家獨子，沒有手足，無厘頭搞笑的說話方式，常讓又晴覺得放鬆，兩人混熟後，他反倒更像哥哥般呵護對方。又晴可不想讓無謂的閒言閒語，影響兩人的純真友誼，將小她一屆，很愛說笑的學妹汪采儀，介紹給裕青認識，牽線促成後，更樂於看這對小情人一搭一唱。

國三下學期，峻杭走後的兩個月，又晴傷心沮喪到無法專心上課，擔心的裕青跟采儀常在放學後陪伴她，不管玩遊戲、吃點心，想盡辦法撫慰，釋放心中那份說不出口，又壓抑過度的喪親哀痛。

高二上結束，裕青因父親轉換工作跑道，全家遷往基隆，與采儀的淡淡初戀也因彼此課業忙碌，隨時空逐漸淡去。三人各自面對承受升學的壓力，進大學後，身處不同的校園生活，斷了聯絡。

如今，能與裕青重逢，還交到新朋友，又晴相當開心。

「黎小姐，那我先走，還有工作的事要處理。這樣好了，下次有空，我們一起吃頓飯，先說定啦！」

子晏突如其來的邀約，又晴雖不知所措，一股甜蜜的滋味瞬間湧上心頭。

　　接下來，每周來才藝班上兩次吉他課的子晏，都會等又晴下課，享用不同的餐點，有時會一起搭車，或偶而由他開車接送。周末假日時，他也會精心安排各種活動，包括逛公園、去書局、看電影，郊外踏青走走等等。

　　子晏很會哄又晴開心，常帶來不同的驚喜，認識一個月後，兩人去新店遊玩的回程路上，他決定表白心意。

　　又晴坦承，自己是以工作為重的人，希望子晏不介意多給她時間考慮。他二話不說點頭，持續積極頻繁的攻勢。

　　「羅先生，你交過幾個女朋友？」

　　「談過三次戀愛，第一次是大學同學，她畢業後直接去美國念書，分隔兩地，時間久了就沖淡了。第二次是在廣告公司工作時的同事，在一起後，發現個性不合，加上辦公室戀情，又是廣告公司，閒言閒語很惹人厭，我乾脆打退堂鼓。然後是半年前，由大學學長介紹，在一起差不多一個月，對方就對我的工作嫌東嫌西，把我甩了。」

　　「我比你遜色很多，只談過一次很普通的戀情，對方是大學同班同學，念音樂系壓力不小，我發現自己沒辦法分心談戀愛，沒多久就提出分手。」

　　「沒關係，次數不是重點。」

　　「我很納悶，為何你會選擇我。感覺比我漂亮出眾的人，你應該遇見很多。」

　　「妳很有氣質，內向文靜，我喜歡看妳彈鋼琴的模樣，而且，我認為妳也喜歡我，所以，不如直接表白，兩人一起努力。」

　　再過了兩個月，子晏的自信滿滿，說中又晴的心聲，讓她不再遲疑伸出手，遞給站在面前，已準備好握住的對方。

　　「既然這樣，為何沒多久就分手了？我很好奇。」又晴陳述完交往細節，喬尼感到不解。

　　「後來，發生一件相當關鍵的事。」

　　那一天周末，剛好是她的生日，本來兩人約好去一家義式餐館吃飯，也預購好門票，傍晚接著去看戲劇表演，地點場次安排全由她選擇。

　　一切的安排，只因子晏堅持要替她慶生不可。

　　同一天午後，她臨時接到仲玉從新竹來的通知，說奶奶搭車去三重看朋友，走在馬路上沒留意，被迎面來的機車擦撞跌跤，交代在台北的又晴立即前往醫院瞭解情況，並協助處理。

　　「原本以為沒什麼事，見到奶奶後，才發現她摔得不輕，還有骨折。看著她那麼難受，取消跟老友見面的計畫，還得在醫院裡忍痛等待治療，我無法置之不理，立刻決定取消慶生，同時通知男友。畢竟慶生可以補過，協助奶奶可不能等。結果，引來他的氣憤不滿。」

　　「為什麼？家人發生意外，優先處理是正確的，不是嗎？」

　　「嗯，我跟你想的一樣，可是他不這麼想。那天他本來要去公司開會，專程為了第一次替我慶生而刻意排開，希望至少能碰個面。倒是我心全在奶奶身上，加上兩人才在一起不久，要他去醫院也不太妥當，結果他相當失望。」

　　從小開始，又晴跟奶奶的感情特別好，每次一家人回去，探望住在市郊的奶奶，她總愛在奶奶身旁圍繞，要她訴說峻杭與雅妤的童年往事。又宸對家族的淵源興趣缺缺，則常跟附近的小朋友打球下棋。

　　又晴中學時，明白失去峻杭對奶奶的打擊很大，她身旁還有裕青與采儀的陪伴，而姑姑遠在雲林，媽媽又忙，奶奶身旁沒有人能作伴。所以她每周會專程回去一趟，帶著奶奶愛吃的綠豆糕與麻糬，祖孫倆一起度過短暫相聚時光。

　　「小晴，奶奶知道妳的用心，我好多了，以後不用每周特意繞過來，別忘記妳的學生本分，妳爸一直以妳為傲，好好用功念書，把琴彈好最重要。」

　　「奶奶也是，要照顧好自己，以後有空我再來。」

　　持續好幾周下來，直到奶奶逐漸露出微笑，又晴才放下心，減少探望的次數。

　　幾年後，在三重發生的那場意外，又晴看著渾身不舒服，還承受跌傷與骨折的奶奶，讓她喚起過去的互動，更記得仲玉的叮嚀，雖無法跟子晏一起慶生，但難得有機會可以照顧奶奶，她其實更開心。

　　趁奶奶在醫院休息，又晴去附近商店買了幾顆小麻糬。看著奶奶一口一口慢慢吃著的模樣，她對自己說，那真是上天給她最特別的生日禮物。

　　傍晚送奶奶搭車回新竹，隔天下午她撥了電話，再次向子晏解釋情況，甚至已想好下次休假時間，當作對他的補償，一起補過生日，卻換來他婉拒的冷漠口吻。

第一部　起風

一周後，子晏寫張卡片，請才藝班櫃檯人員轉交給又晴。長長的幾段文字，如實描述子晏出生後，母親難產離世，他由父親獨自帶大的兒時心情，包括他有個長年在外地生活，甚少聯絡，多年未見的兄長。

他無法理解，跟又晴閒聊時，她在意的總是家人居多。也無法接受，原本一切安排全是要替她慶生，一場突發的小意外，到頭來她選擇的是奶奶，把男友的他排除在外。

子晏認定在又晴心裡，他只是個分量不重的路人。信末，僅表示他已轉往其他分校上吉他課。

「原來是這樣。」

「你一定覺得很可笑，他緊追我三個月，整日說著甜言蜜語，哄我開心，在一起後沒過多久，才一次無法一起慶生，用張卡片輕易把我甩掉，毫無第二次機會，連見面都免了。」

「我不覺得可笑，更不覺得妳做錯什麼。倒是他的理由，反而很荒謬。」

喬尼一副若有所思的神情，是她未曾見過的模樣。

「說起來，妳或許不太相信。我會這麼說，是我跟妳一樣，有過類似的心境。我能體會，也贊同妳照顧奶奶的選擇。」

6.

喬尼依舊記得，薇拉離世前祖孫倆的對話。

「喬尼，我很開心你常回來陪我，你的善良體貼我都知道，不管你以後遇到什麼，神會賜福給你。」

「外婆，就算妳跟媽都很虔誠，但我可是不相信神的。」

「嗯，我明白。」

「既然這樣，為何還要提到神？」

「我知道自己的身體，即將回到神的懷抱，才趁今天你來，想讓你知道我的心情。我的愛與祝福一直都會在，正如神的愛與祝福也一直都在。」

薇拉知道，喬尼從上學開始，對凱特周日上午邀他去教會的事相當抗拒，甚至堅決取消預定好的領洗，更常在母親面前，質疑究竟神是否存在。

躺在床上的薇拉說完話，喬尼未多加辯駁，靜靜陪在一旁，握著對方布滿皺紋的手。

「三天後放學回家，爸說外婆上午過世了。當時，我的眼淚一直流不停，內心卻格外平靜，腦海裡浮現的全是那天的互動，還有在我離開前，她對我說的話，以及她最愛的經文：「所以，不要為明天憂慮；因為明天自有明天的憂慮。」

（馬太福音六：34a）

「好巧，這句話，我也曾聽大學室友說過很多次。那時課業壓力大，三不五時就窮緊張擔憂起來，她常用這句話來勉勵我放輕鬆。我一直以為是一般的諺語，原來是出自聖經。喔，她也是虔誠的基督徒。」

兩人抵達泰晤士河畔後，挨著沿岸旁的大石塊坐下來。

「聽你這樣說，想必你跟你外婆的感情很好？」

「沒錯，我很景仰她，外婆人很棒，很呵護我，但如果我犯錯，她完全不會護短，也是第一個站出來指正的人。」

第一部　起風

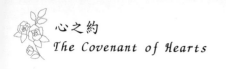

「我奶奶也是這樣。」

「回想那天的情況,她明明身體虛弱,知道我擔憂她的病情,笑著說要再玩一次『輪流説笑話比賽』,轉移我的焦點。那是外婆設想的遊戲,每次看我念書造成壓力,就用來紓解的妙方。」

喬尼停頓幾秒:「雖然我對神的存在感到質疑,不過,我把外婆的祝福放在心裡,每次覺得惶恐不安時,她的神情就會浮現,讓我平靜下來,彷彿她在天上守護著我。」

「嗯,我也有類似的感覺,想起我爸時,也覺得他在天上看著我。」

兩人手上拿著熱咖啡,任風吹亂頭髮也不以為意,樂意分享過往,只想更瞭解彼此。

「自從我媽轉行當廚師,廚藝大增,可是,她也越來越忙,需要花更多時間構思料理,根本沒空陪我。因此,外婆成了家中常客,說來品嚐料理,其實是來陪我,讓我爸媽能放心處理他們的事。」

薇拉總會先抵達湯普森家,等喬尼放學回來,並備妥自製烘培的餅乾,讓他回家時先吃一點,小歇後再去複習課業。因此,就算凱特仍在餐廳工作,也沒關係。

自我要求嚴格的喬尼,常因課業的過度專注造成無形壓力,薇拉看他開始沉默,或不自覺一臉嚴肅就明白,準備不少方法應對外孫。

天氣好時,薇拉會拉著他去庭院,修剪花草,討論植物與生態,或兩人坐在椅子上曬太陽唱歌;天氣差時,換成她

的絕活,待在客廳玩猜字與接龍遊戲,並進行輪流說笑話比賽,看誰的內容有趣,笑得最大聲的就是贏家。

只要薇拉在旁,喬尼就能安心無比,心情立刻放鬆。不過,要是馬修出現時,情況就不一定如此。

從上學開始,喬尼知道父親向來在意他的在校表現,至於他可不想在父親面前,出現怠惰散漫的樣子。有次,馬修從學校教完課回來,當時喬尼正與薇拉在庭院吃水果,一聽到開門聲響,神色便慌張起來。

「外婆,爸回來了,我該回房讀書了。」

「別慌,先把這盤水果吃完,我去叫他出來一起吃,沒事的。」當局者迷,旁觀者清,冷靜的薇拉倒有不同的應對方式。

「要是凱特在家的話,這些漂亮又大顆的櫻桃,準是一下子就沒啦。今天難得讓你們有機會大飽口福。馬修,有沒有發現,喬尼已經長大了,凡事自動自發,根本不用你催促。不如讓他先吃完水果,待會再去處理課業。」

當了多年護理師的薇拉,即使已退休養老,愛護外孫的心意依舊,加上笑口常開,說起話來理直氣和,從不會得理不饒人,是喬尼想效法的好榜樣。

「薇拉,妳放心,我知道妳要說的,這孩子已上中學,的確不再需要我一直叮嚀,要是妳不提,我根本忘了催促他課業這回事。現在,就讓我們一起好好享用妳準備的櫻桃吧。」

馬修洗好手,先拿起一顆櫻桃塞入口裡,手裡還擺放著另兩顆。

第一部　起風

「好一陣子沒吃櫻桃了，倒是妳說得對，每次都得等凱特先挑好，才輪到我動手，今天真是謝謝妳，櫻桃太好吃啦！」

工作繁忙，回家後仍不時要備課，修改學生作業的馬修，也因薇拉的頻繁到來，減少不少分擔的家務，有更多時間來處理瑣事，自然愜意許多。

「嗯，聽你這樣說，讓我感到溫馨，的確讓我想起從小到大，奶奶跟我的互動模式。來英國之後，我也變得喜歡吃又大又甜的櫻桃。不過，我很好奇，你會質疑神的存在。」

「我媽跟外婆都是基督徒，小時候，她曾在周日早上帶我去教會好幾次。老實說，我覺得很無趣，看著教友們唱詩歌，聽牧師講道，一臉專注著迷的模樣，簡直難以置信。」

同樣地，又晴想起當年，有次應室友楊澄卉之邀，跟她一同前往教會參加主日崇拜，感覺很新鮮。又晴一心掛著練琴的事，也實在抽不出空，再也沒去過教會。

儘管如此，她仍記得澄卉當時的反應：「沒關係的，妳別放在心上。」而且，澄卉仍會不時跟又晴分享去教會的點滴，還找了不少吟唱詩歌的琴譜給她，笑說也許有一天，又晴會對這些詩歌愛不釋手。

「著迷的模樣？那是基督徒的虔誠吧！」

見喬尼沒回應，她繼續說道：「所以你討厭神？」

「沒有討厭不討厭，我就是不認為神存在，不然祂怎能允許世界如此多的混亂與痛苦。」

「為什麼？沒有理由的質疑？」

「在我看來，相信神並不能代表一切。這個世界上，我

看過不少有信仰的人做壞事，然而，很多做好事的人，卻不一定非要有信仰，所以，說不定神只是人想出來的代名詞。」

從兩人認識以來，這是喬尼第一次，相當冷靜陳述看法。

「每個人都不一樣，的確不能依信仰來評斷人的行為，可是，也不能因此而否定信仰對人的重要。」

「我是說，神存不存在對我並不是絕對的必要，但我尊重每個人的信仰，尤其是我媽跟外婆，她們一直都是虔誠謙卑的基督徒。」

「要是我說，我相信神的存在，你會介意嗎？我雖不是基督徒，但我來到英國，每次承受課業的壓力時，我都會去教堂，或聽詩歌吟唱，很舒服，知道神是存在的。」

「不介意。不過，這倒讓我想起之前聊過的話題。」

「我猜，你指的是學校裡的那片大綠地，讓你釋放壓力的事？」

「哇，不可思議，妳竟然曉得我在想什麼！」

喬尼突然轉過頭來，對著又晴擠眉弄眼，臉上一副淘氣的模樣。

「沒什麼，我只是記得聊過這話題。」

又晴感到不好意思，簡短回答後立即低下頭，顧著喝咖啡，喬尼則出其不意，突然一把將她拉近身邊。

「妳啊，害羞的模樣還真是可愛，善解人意的個性，我真的很喜歡妳。」

說完話的喬尼，逼近又晴的臉，雙眼直盯著她看，讓她不禁滿臉通紅。

第一部　起風

她還記得，從約克回來，只要一想到兩人從認識開始的種種互動，常會不時出現忐忑不安，煩躁不已。此刻站在彼此面前，間隔半尺不到的距離，之前的惶恐疑惑瞬間消失，換成一股說不出口的奇妙感受，心臟砰砰跳著。

彷彿內心早已預知，這一刻終會到來，輕聲回應：「我也是，特別喜歡看你微笑的模樣。」

「可以再說清楚一點？我不知道妳的『我也是』指的是什麼。」

這次換喬尼擺出姿態，故意逗著滿臉通紅，害臊不已的又晴。

「才怪，你明知道我指的是什麼。」

「我啊，就是愛看妳這副害羞的模樣，讓我非常、非常地開心。但是，我還是想聽妳親口把話說出來。」

「我也喜歡你。」

「這樣就對了，這才是我的好女孩。」

喬尼將臉湊過來，雙唇輕輕印上又晴的額頭，接著滑落到她的雙唇，同時伸出雙臂擁抱她。

「喜歡嗎？呵呵，我們的初吻。」

聽見喬尼爽朗的笑聲，又晴也笑了，仰望一片白雲飄過湛藍的天空，兩人牽起手，並肩往車站的方向漫步走去。

「妳交了男朋友？英國人？什麼時候的事？」

「媽，妳別這麼大聲。大概三個月前認識的。他早我幾屆畢業，是同校的學長。不過，交往是最近的事。」

　　透過電話，又晴跟仲玉分享遇見喬尼的經過，包括接受他的邀約，跟他回約克探望對方父母，還有彈奏《月光奏鳴曲》，跟湯普森一家三口融洽相處的細節。

　　「聽起來這男生還不錯，只要妳覺得跟他在一起很開心，不會影響課業就好。對了，妳侄子出生了。親家母來陪芸之坐月子，我幫他取名為曜昇，象徵著朝陽的上升，很棒吧！」

　　「感覺是個好名字。」

　　「是啊，大家都說名字取得很好。那好，妳自己多加油，我還有事要忙。」

　　又晴原以為仲玉會擔心她談異國戀，肯定會多叮嚀她幾句，想不到聽她描述完，只是一派輕鬆的口吻回應。一方面讓她對這份戀情放心許多，另一方面卻有股不悅的情緒，連她自己都感到莫名其妙。

　　「這樣不是很好？我很高興。有個侄子誕生，妳也應該高興才是。」

　　「我不懂你說的，為什麼你覺得我應該高興，是我弟的孩子，又不是我的孩子。」

　　三天後跟喬尼見面時，她隨即告知仲玉傳來的冷淡反應，陳述自己當下的情緒。

　　「我很高興，代表妳媽同意我們在一起的事。倒是妳，太過期待知道她的想法，沒想到她說沒兩句，開始聊妳侄子，一時感到若有所失。或者，是妳在跟侄子吃味吧？」

　　喬尼當下點破她的迷惑，又晴沒有接話，任由他說下去。

　　「妳想想，她才剛多個家庭成員，初次當奶奶，肯定很

第一部　起風

開心啊，這是人之常情，不是嗎？我是覺得，她因為在乎妳，才會想立刻跟妳分享喜悅，並說名字是她取的。」

　　他輕拍著又晴的臉頰。「就算妳媽不在妳身邊，沒聊幾句，妳還有我啊，我相信她是祝福我們的。說不定就是知道妳身邊有個我，才覺得輕鬆，不用她多擔心。妳不是才說，她覺得我這個人還不錯。」

　　「你覺得，我媽的意思真是這樣？她還是很在乎我？」

　　「嗯，一定是的，當母親的心情應該都差不多，都是在意子女的，只是表達方式不一定如子女的意。妳媽也是對妳感到放心，才沒有多加叮嚀。」

　　他提到前兩天，跟凱特通電話時，也同樣說起兩人交往的事。凱特跟仲玉差不多，沒什麼要他特別注意的，只要他多愛護又晴。反而，母子倆大部分的聊天內容，是詢問他要不要出版食譜的看法。

　　最近凱特身邊有幾個朋友，建議她當廚師這麼多年，說不定可以把創意構思的菜餚與點心彙整起來，或者考慮出版分享大眾也行。

　　「真的嗎？如果可以出版，就太好了，可以讓更多人知道美味的料理。」

　　「是啊，我也覺得很好，鼓勵我媽可以朝這方面試試。我還說，要是有我能幫忙的部分，都可以問我。好啦，放心吧，家人都是支持我們的。」

　　「嗯，我明白了。」

　　「這是今天給妳的禮物，妳先嚐嚐，看味道喜不喜歡。」

　　喬尼拉起又晴的手，從袋子裡取出兩顆薄荷糖，穩穩放在她的手心裡。那是碰面之前，他經過一家小店鋪時買的。

　　「嗯，很好吃，我喜歡，你陪我一起吃。」

　　又晴剝開糖果外包裝，一顆放入口裡，另一顆放入喬尼的手中，滿臉笑容，無比窩心地看著彼此，共享清涼甜蜜的滋味。

7.

　　又晴下午接到又宸電話，說晚上會在公司加班，要她陪仲玉吃晚餐，他與芸之晚點才回來，不用特別留飯菜。

　　用餐完，等仲玉回房休息，又晴泡杯桂花綠茶走回房，桌上的手機剛好響起。

　　「一切情況都好嗎？妳回去兩個星期了，不是說已訂好回程，下周五的班機沒錯吧？」

　　這次，喬尼可不想再重蹈覆轍，在又晴回程前鬧口角，特意打來確認她的返英日期。

　　「沒錯，是下周五。只是還在等檢查報告結果，要是媽的身體有任何情況發生，我再通知你。你呢，一樣忙碌？洛伊呢？」

　　「是啊，我一直都忙。前兩天查理丟給我幾個計畫，正在努力執行中。洛伊剛外出，去買蔬菜水果，想照著媽留下來的食譜做些料理。」

　　「是嗎？好像很久以前聽她提過這項計畫，後來只做個

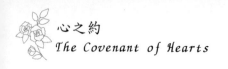

三明治就不了了之，怎麼突然又提起？」

「我沒問，覺得讓她試試也無妨，反正她現在空檔時間多，也未確定是否要繼續念大學，嘗試各種可能都是好的。說不定這孩子真的跟媽一樣，具有料理的天賦！」

又晴想起凱特當年，的確花費不少工夫，終於把做過的美味料理與點心整理一番。但她最後的決定，是採納馬修的意見，不出版也不特意分享他人，而當成專屬湯普森家的珍藏，隨時提供子孫們參考運用。

「你啊，最疼你的寶貝女兒，別寵壞她。」

「我知道，妳也是我的寶貝老婆。」

「嗯。」

當夫妻多年，儘管喬尼總是心直口快，又晴仍舊欣賞他適時表達的溫柔。

「對了，洛伊很在意媽現在的身體狀況，要妳多分享幾張照片，還說她很多年沒去台灣，也想看妳家現在的樣子。」

「的確，畢竟上次沒有帶她一起回來。待會我先來拍幾張，晚點傳過去，先不吵你，你去忙吧。」

結束通話，又晴站在不同角度，拍些客廳與庭院的照片，再走進仲玉的房間，順便拍幾張她的側身睡姿。

上次跟仲玉的合照，是她與喬尼在約克結婚的時候。

婚後才回來幾次，又晴每回都會記得全家人一起拍照留念，唯獨漏掉她跟仲玉兩人的合影。

那一年在倫敦，學期結束的秋末，又晴獲得音樂碩士學位，在喬尼工作之餘，兩人還特意回去約克一趟。

　　她不僅想向喬尼雙親分享獲得學位的好消息，還特意準備，挑了貝多芬的另首名曲，選自《第九號交響曲》的《快樂頌》，再次向他們展現琴藝。

　　一開門進屋，迎面的馬修先開口祝賀：「太好了，恭喜妳畢業。」

　　「這樣的話，應該可以準備當我們家的媳婦啦！」

　　站在一旁的凱特則接連說出驚人的話語，又晴聽到後頓時發楞，不知該如何是好，使個眼色，原希望求助喬尼打圓場，結果卻是令她意外的回應。

　　「媽說得沒錯，我也這麼覺得，時間到了。不過，先來大吃一頓再說，待會還可以聆聽美妙的琴聲。」

　　喬尼說完走向又晴，緊緊握住她的手。

　　隔天早上，兩人前往約克大教堂，喬尼等又晴祈禱完，再一起轉往倫達爾橋走去。

　　「咦，我剛還以為你會在教堂外面等我，沒想到你竟然會跟我一起進去。」

　　「為什麼不能一起進去？約克大教堂很漂亮也很宏偉，值得一看，我只是對神感到質疑，可沒說不想跟妳進去。」

　　「嗯，原來如此，我很開心有你在身旁。」

　　「剛才特意在旁觀察，發現妳祈禱的樣子還真是可愛。」

　　又晴一臉羞怯，低頭望著橋下的烏茲河，跟倫敦泰晤士河的感覺不盡相同，彷彿更多份平靜。藍天白雲，加上心情愉快，忍不住讓她高舉雙手，伸個大懶腰。

　　冷不防，喬尼瞬間一把摟住她的腰，拉起她的左手，二

第一部　起風

話不說套上早已準備好的戒指:「這是送妳的畢業禮物。我們結婚吧!跟我一起當湯普森家的人。」

未曾預期的祝賀,未曾預期的求婚,短短幾秒鐘內接連出現的震撼驚喜,成串的淚水從又晴眼角滑落下來,她握緊喬尼的手,滿心喜悅點著頭。

婚禮在春天舉行,仲玉將家務交由又宸夫婦,挪出十天的行程飛到約克,參加以兩家人為主,簡單鋪陳又備感溫馨的家庭式婚宴。

「喬尼,又晴是個好孩子,以後請你多照顧她。」

「媽,請放心,我會的。」

看著身材高大,樣貌挺拔,面容儒雅的喬尼,還有笑容可掬的馬修與凱特,仲玉難得有此機會,用了流利的英語跟湯普森家的親友盡情交談,當然也用中文與凱特互動,分享台灣的點滴,讓一旁的又晴大開眼界。

趁著來訪,喬尼從又晴口中得知,仲玉自從接手藥局後,多年來總是過於忙碌而甚少有長程旅行的機會,安排幾個不錯的景點,由又晴專程陪伴,讓久違不見的母女倆欣賞當地風景,好好相處,聊天話家常。

首先抵達牛津,又晴挑選富有特色的幾個學院,帶著仲玉體會英式古典嚴謹的大學校園,稍後再前往大街逛逛,選間義式餐廳吃頓晚餐。

回旅館前,巧遇在轉角路口,即興演奏的搖滾樂團,在人來人往的街道上,仲玉一點也不介意,跟著路人,伴隨搖滾音樂一起擺動身軀,難得呈現放鬆愜意的模樣。

又晴看著風韻猶存的仲玉，臉上露出微笑。

「小晴，媽真替妳開心，一個人在異鄉辛苦完成學業，還遇到愛妳的喬尼，步入婚姻。相信妳爸也在天上，笑得合不攏嘴，替妳高興。」

「謝謝媽。不怕妳笑，我一直以為我不可能結得了婚。」

「我懂，妳爸婚前也跟妳一樣。」

「爸爸跟我一樣？怎麼說？」

仲玉陳述當初由老師與師母介紹，與峻杭交往時，即使對方很喜歡她的一切，卻常會不經意對自己質疑，怕只是高攀，老是說他很普通，長得不夠帥氣，還習慣多加一句：「依妳的樣貌與才華，跟其他男生在一起，妳想，會不會比較好？」

「真的嗎？爸會這樣說？聽起來他真的很嫌自己，跟我記憶中的他完全不同。媽是怎麼回應的？」

「是真的，這都是妳爸說的，想不到吧！一開始，我還會故意回應：『那你去幫我找找看！』後來，只要他一開口，我就直接回他：『黎峻杭先生，我的心中只有你一人，所以，請你好心，別再多問吧！』」

「好有趣，這招不錯，肯定奏效。」

「那當然。從此之後，他就不再提起。」

「原來，爸跟媽結婚前，還有這段小故事。」

「有沒有覺得妳爸跟妳很像？擔心自己不夠好，不值得被愛，心裡明明渴望有人喜歡自己，能全心對待自己。真心愛一個人時，跟其他條件是沒有太大關聯的。跟妳爸結婚後，我很開心他終於接受自己，整個人更加開朗。」

「嗯，是挺像的。而且，媽的口吻也跟喬尼很像。」又晴有點難為情，一臉尷尬地點頭。

「妳想想，如果妳不夠好，喬尼也不會喜歡妳的，更別說他還主動跟妳求婚。而親家也是，打從見到我開始，就直誇妳很懂事很踏實，他們真的很喜歡妳。」

「媽，妳是說我想太多？」

「小晴，我是說，身邊的人都看到妳的好，怎麼妳老是挑剔自己？要相信自己的長處，才能懂得感恩與珍惜。」

「嗯。」

「我知道妳過去的感情，不管是大學同學莊立予，還有才藝班碰見的羅子晏，都讓妳覺得不順遂。只是，感情沒有對錯，就當他們跟妳緣分不夠，無法看見彼此的好。」

「我曾問過喬尼，為什麼會想跟我結婚。」

「他怎麼說？」

「他一聽到我願意陪他回老家，還真的不介意在他家人面前彈琴，這份念頭就在他腦海中浮現，儘管那時我們真的不熟。」

「他也告訴我，之前交過的三任女友，都是他付出居多，包括一聽到凱特是廚師時，都是去品嚐她的拿手好菜，卻沒有人願意替他家人做過什麼，讓他對愛情早已心灰意冷。不過他也說，我是個例外的傻女生。」

「我相信，是妳的善良貼心，讓喬尼動了心。」

「跟他前三段戀情相比，我們在一起的時間最短。他卻說只想跟我一起走入婚姻。」

「因為緣分到了，跟時間長短無關，妳別擔心，現在妳已是湯普森家的人了，更要充滿自信才是。」

「嗯。」

「過幾天我要回去了。這裡不比台灣，不是妳熟悉的家鄉。既然已走入婚姻，就全心全意去付出，不管多辛苦，都能面對並堅持，對自己的幸福負責。我相信妳知道該怎麼做，自己的選擇，要好好珍惜。」

「嗯，我懂。」

接下來，又晴帶著仲玉去劍橋，體會滿是文化氣息的校園，再走訪倫敦，參觀她就讀的倫敦大學，還有著名的海德公園、攝政公園與倫敦橋。

母女最後到了泰晤士河畔散步，迎面徐徐微風吹來，又晴有點不好意思，笑說那是喬尼跟她的定情之地。又晴也從幾個不同角度，替仲玉拍下不少照片，尤其是她勾著仲玉的手瞬間微笑，請路人拍的合影。

仲玉醒來，看著坐在一旁，膝上放著相機，一臉發呆的又情。

「小晴，在想什麼？」

「洛伊交代喬尼，說她想看媽的樣子，剛才趁妳睡覺時，拍了幾張妳的睡姿，先讓妳看看。」

「我的睡姿？都這麼大把年紀，拍起老邁的模樣，多不好意思。」仲玉看著相機裡的自己，靦腆地笑著。

「我從來沒注意過，原來，媽睡覺的模樣還很耐看，很舒服。」

第一部 起風

「睡姿都差不多啦!」

「才不一樣,媽特別上相,以前就是爸專屬的模特兒。我們也來一起拍張照。」

又晴把房間的小桌挪近,調整好相機擺放的位置,選擇自拍模式,再回到床沿坐好,緊拉著仲玉的手臂,向鏡頭露出燦爛的笑顏。

歷經多年,黎家母女倆終能再次留下相依偎的美麗合影。

8.

幾天後的傍晚,月光映照的庭院,一陣涼風吹來,坐在躺椅上小睡片刻的又晴睜開雙眼,起身後踏入廚房喝水,只見又宸向她走來。

「姊,下午我去了醫院,聽醫生說明檢查的結果。」

「媽的頭部沒什麼大毛病吧?」

「嗯,頭部沒有問題,只是受到碰撞。」看著又宸欲言又止的神色,又晴有點介意。

「怎麼這副神情?別吞吞吐吐,有話就說。」

挨著廚房側門站著的又宸,看著庭院,只覺一言難盡,停頓好一會才開口。

「報告檢查出來,媽罹患胃癌三期。」

「什麼?胃癌?而且還是三期?怎麼可能?」

又宸拉了椅子坐下來,開始回想仲玉的情況,說她偶而頭昏眼花,也有貧血與厭食的狀況出現,只是堅持不做健康

檢查，根本沒機會發現癌症。

「媽向來不是身體都很健康？怎麼會突然得到胃癌？」

「我原本也是這樣想。醫生說，胃癌徵兆並不明顯，形成原因很多，不容易立即發覺，像壓力、用藥與飲食習慣等等都是潛在因素。總之，媽的胃癌不是一蹴可成的，是長期累積下來的結果。」

「我記得在台北工作的時候，媽得過胃潰瘍。後來，再問她情況時，她只說沒有大礙，看診吃藥就好。」

「不只如此，印象中媽一直有胃痛的老毛病，但她很少跟我提過。我猜，即使是發作時，應該都是自行服藥解決，幾乎沒聽她提過去看醫生的事，就診次數肯定也沒幾次。」

「既然是這樣，那你打算怎麼做？」

「我還不知道。妳認為呢？」

「依照媽的個性，要是我們坦白說明，說不定比較好。」

「我有同感，現在醫療比早年進步許多，就算是三期，還是有治癒的機會。可是，妳不是下周要回倫敦了，現在知道媽這樣，要改變行程嗎？」

「假使我就這樣回倫敦，根本放不下心。我想先跟喬尼討論，等確定結果，再跟媽說明。」

這並不是第一次，又晴面對家人罹患癌症時的心情調適。

十三年半前，當時凱特已晉身餐廳主廚，工作常忙得不可開交，還要承擔提攜後進責任，卻意外在健檢中，發現罹患乳癌二期。

個性直爽，樂於分享的凱特，自從晴天霹靂的消息闖入

她的現實生活，身心迎接的驟變，一步一步擊垮她向來的自信與開朗。

疾病來得措手不及，凱特混亂的情緒亦從家裡蔓延，影響到餐廳裡的員工，最後，在醫生的建議下，她不得不迫於治療休養，安排切除手術，後續再依照治療程序，耐心進行得花上好一陣子的化療。

癌症不比其他疾病，就算施行手術，也無法立即康復，更別提何時才能重回職場。

凱特原有的生活步調早已打亂。終日困在無計可施的不安懼怕之中，不僅讓她築起心牆，也間接影響喬尼一家人。

「剛接到爸的留言，媽的情緒還是很不穩定。」

「怎麼回事？不是手術很順利？」

「是啊，手術切除大部分的右胸，妳想想，媽的反應會如何。」

「肯定是無法接受的，我也是女人，難以想像失去乳房後站在鏡子前的模樣，也不想讓別人看到有缺陷的自己，即使是朝夕相處的丈夫。」

「沒錯，這是重點。媽嫌自己變了樣，不像正常的女人，常獨自一人關在房裡好幾個小時，就算爸不時安慰，說日後可以考慮乳房重建，她根本聽不進去。」

「我明白，即使得過乳癌的人不少，但病痛帶來的煎熬，只有當事人能體會。看見媽現在這樣，爸一定很沮喪。」

「嗯，爸說他會想辦法調整方式應對，而且，此時此刻，更要好好陪伴媽才是。」

「爸好體貼，每天跟媽朝夕相處，他一定承受很大壓力。」

「倒是我沒想到媽會得癌症，這樣下去也不是辦法，為了避免復發，之後還要進行化療。妳想，媽才動完手術就情緒失控，化療時又該怎麼辦？」

喬尼一急，從沙發上起來，從客廳到餐廳，不停繞著圈子走來走去，又晴乾著急，也不知如何是好。

「我想，乾脆我回去住一陣子陪媽，替爸分擔些家務好了！」

「回去住？那工作呢？你回去會比較有用？」

「不去試試看，誰知道？至少有我在他們身邊，可以依靠，出主意也行。畢竟他們現在兩人的狀況很辛苦，如果我在場，說不定可以幫上忙。」

「我明白，你會這樣說，應該已經做出決定。」

「嗯，工作的事妳別擔心，我會想辦法處理。妳白天也要工作，我不在家的這段時間，家裡跟洛伊就暫時交給妳。」

「我懂，你放心去處理爸媽的事。對了，記得跟媽說，我會每天為她祈禱，相信她一定會好起來。」

喬尼臨時做出決定，隔天花不少時間與上司陳述商量，獲得對方的體諒，立即進行工作的調度，把手上需要在辦公室完成的計畫轉交其他同事。可以透過通訊，獨立完成的彈性工作，則改由他來執行。

確保私事不會影響整體部門的工作，喬尼也安排固定聯絡的時間，有備無患。

幾天後，喬尼回到約克。他不時透過電話，向又晴訴說

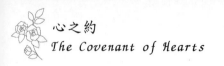

協助馬修的狀況，也互相討論如何能安撫凱特的情緒。

「媽的心情好多了嗎？」

「嗯，她一個人待在房間的時間縮短啦，說受不了我一直守在房門口，隔著門大聲跟她說話，嫌我煩又趕不走，呵呵。」

「真的？還是你知道要如何跟媽互動，看來回去的決定是對的。」

「這倒是真的。她的情緒常起伏不斷，有時穩定許多，有時又開始惶恐。好的是多我一個人輪流陪媽，爸也比較有時間休息。」

「幸好，有你在爸媽身邊。」

「我是他們唯一的兒子，怎能放他們不管！」聽著話筒裡傳來自信的聲音，又晴只覺得寬心不少。

喬尼繼續提到，凱特過兩天要回診檢查傷口，如果一切狀況都良好，會開始進行後續化療的評估。

「洛伊呢？」

「你不知道，她除了去學校的時間，每天早餐、晚餐還有睡前都會按時問我，爸比何時回來。」

「哇，原來我女兒這麼想我，妳跟她說我也是，等奶奶情況好一點就回家。」

幼稚園的洛伊，第一次跟喬尼相隔兩地，少了每天在旁玩耍的夥伴，正努力的排解心情中。

「我也很想妳，辛苦妳啦。」

掛上電話，每日同樣思念喬尼的又晴，憶起峻杭離去後，

那段傷心歲月，明白要度過這段過程，需要家人足夠的耐心與陪伴。她知道自己能替湯普森家排憂解慮的方式，除了全心支持，還有發自內心的真誠祈求。

過不久，有天晚上，準備就寢前，她接到喬尼的來電。

「已經十一點多了，怎麼還沒睡？媽開始化療了嗎？身體能不能適應？」

「嗯，差不多了，醫生說術後情況良好，兩周後開始進行，媽說她會盡全力的。其實，這通電話是媽傍晚吩咐，要我轉達她的話，代她向妳道謝。我回來約克之前，記不記得，妳要我跟媽說，妳每天會為她祈禱，相信她一定會好起來？」

「當然記得，怎麼突然提起這件事？」

喬尼開始轉述，凱特這陣子以來的心情轉變。自從乳癌引發的種種考驗，除了身體變化、職場壓力與情緒失控，她還會私下對神抱怨，為何讓她經歷難捱的痛苦與煎熬，根本承受不了。

「我對神的質疑，媽是知道的，因此她從不會跟我聊到神，以免引起爭論。回來約克後，有一天我幫她整理房間，無意瞥見櫃上擺的聖經，突然想起妳提醒我轉達的話。吃晚飯時，聽我順口提起，媽竟眼眶濕潤，淚水直流，把爸跟我都嚇到了。」

「原來，你把我的叮嚀忘了？」

「抱歉，是我一時疏忽。那晚之後，發現媽好像變了個人，喔，應該說，她更像是回到小時候，在我記憶裡的媽媽。」

隔天早上，是喬尼回約克後，第一次吃早餐時，看見罹

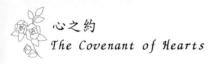

癌的凱特臉上露出微笑。

「從小開始，媽都會在一家人吃飯前進行謝餐禱告，我上中學後，曾向她抱怨，她考慮到爸跟我都不是基督徒，之後就很少這麼做了。沒想到，那天早上，仍在抱病的情況下，媽又開始這麼做，而且每天三餐例行，完全不介意我們的訝異神情。」

「這樣不是很好？好感動，好希望我也在場。」

「由於妳的話，喚起媽的內心感受，說她這些年太在乎工作，忙碌不停到遠離愛她的神。神仍舊在她內心，是她不再如過往總以神為優先，讀經禱告也時有時無，還因乳癌造成的身心煎熬，不自覺犯下埋怨神的過錯。」

凱特重新喚起對神的信靠，檢討前陣子的低潮失控，更向丈夫兒子道謝，對她的寬容，承諾接下來會配合化療，再辛苦都會撐過去，珍惜活著的時光。

「媽還一陣揶揄，笑說她生的兒子質疑神，想不到娶個相信神，並不是基督徒的老婆。」

「聽你描述這一連串過程，真是太意外了，不過，我很替媽開心。其實，我只是記得當初你提到外婆離世說的話，也說過媽是虔誠的基督徒。所以，我打從心裡相信神很愛媽，一定會把她看顧好。」

「媽說，謝謝妳願意替她祈禱，也謝謝妳的提醒，讓她重新親近神。」

湯普森家的氣氛已逐漸恢復，雖然凱特仍要承受漫長的化療階段，經過兩個多月，她已徹底走出情緒的低谷，還說，

要是身體穩定，仍想回到工作崗位上繼續當廚師。

「要是日後因化療而掉髮，我已買好媽喜歡的帽型，也去圖書館找到不少資料，分享其他癌友走過的心路歷程。」

「太好了。我猜你雖然開心，知道媽沒有被乳癌打倒，尊重她的信仰，但我知道你還是質疑神，這沒關係的。」

「不愧是我老婆，全都讓妳說中。」

「這樣的話，你準備要回來了？」

「哈，又讓妳猜中！我明天下午搭車回去。媽說她沒問題，有她的神，還有爸在旁就足夠，不用見我在旁嘮叨沒完，笑說我趕快回倫敦才是。」

「這樣也好，洛伊肯定最開心。」

回倫敦後，喬尼述說凱特情況穩定，不過，卻接受他從旁的客觀提醒，決定化療結束後，改成彈性工作，用顧問的身分重回職場。

經過一場大病，凱特不再輕忽身體，尤其看著陪伴她的馬修，曾因她的情緒起伏過大而變得默默無語，憂心忡忡。因此，她決定放慢步伐，調整以前的生活順序，以神為優先，再來重心放在夫妻生活，珍惜與馬修的相處時光，最後考量才是工作。

直到兩年前，因癌症復發，快速轉移到全身。這次，凱特知道該回到神的身邊，心情很平靜，做好心理準備。兩個月後，在一家人陪伴下安詳離世。

隔天下午，又晴看著時鐘，推算喬尼應該已起床，撥起

第一部　起風

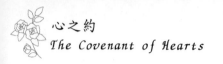
電話，詳述仲玉的報告結果。

「原來是胃癌三期。妳昨晚肯定沒睡吧？有什麼話想說就說，我明白妳現在的心情，就像當年，我獲知媽得乳癌時的感受。」

「嗯，我沒什麼睡，一直在思考這件事。這次發生在我媽身上，想想她已七十幾歲了，婆婆當時年紀比較輕。老實說，我很害怕，一想到她年紀大，考慮就多，不知道怎麼做比較好。」

「不用想該怎麼做，只要去行動就好。」

「像你當初一樣？」

又晴腦裡浮現，當初喬尼簡單收拾好行李，準備回去約克時，臉上一副全力以赴，只想替雙親解決問題的篤定神情。

「就算年紀大，就算診斷出來是三期，結果也不見得如妳所想，每個人的情況不一定相同，治療方式與過程也是關鍵。」話筒傳來的沉穩嗓音，剎那間安撫她焦慮萬分的心情。

「重點是妳得先定下心。不然怎麼去面對媽，她都生病了，還需要妳的支持，協助她減少病痛。我相信，妳會做出合適的決定。」

「是嗎？」

「是的。妳應該記得，當初我媽生病時，因妳的提醒才點醒她。」

「嗯，我記得，只是當時我是媳婦，現在是女兒，角色不同，感受也不同。那麼，我該取消回程機票嗎？」

「既然妳身為媽的女兒，背負的責任更為重要，全由妳

決定，我都支持。不用擔心這裡，我會告訴洛伊，要她一起替外婆打氣。」

「這樣啊！好吧。」

掛上電話，又晴在廚房喝杯茶，走到庭院，仰頭望著天上緩緩飄過的白雲，陽光正灑落在她身上。

她想起峻杭的笑臉，整理好思緒走進屋內，打電話到航空公司，取消下周五返回倫敦的機票。

9.

周末午後，又晴外出，一陣涼風吹拂，坐在躺椅上的仲玉聽完又宸陳述，眨了眼卻一語未發。

風吹樹動的氣息逐漸蔓延開來，又宸推了芸之一把，由她打破沉默：「媽，有什麼話就說，別悶在心裡，對身體不好。」

「小宸，坦白說，我還有多少時間？小晴知道嗎？」

「嗯，我跟姊說了，如果不做任何處理，醫生推斷半年到一年左右。」

芸之補充：「媽，放棄從來就不是妳會做的選擇，我們一起討論最合適的治療方法。還有，姊會留下來，她已取消了下周五回倫敦的機位。」

「媽，不管妳的決定如何，我們是一家人，姊跟我都會照顧你的。」又宸的神情閃過一絲光采，仲玉突然憶起離開多年的峻杭。

「讓我一個人靜一靜想想，你們先去忙。」

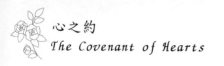
　　不帶任何情緒起伏，仲玉一臉平靜地回應。

　　往事如昨，幾十年來，她從未忘記看到父親趙文偉在餐桌上咳血那一刻，內心湧上的震驚惶恐，還有母親程靜芳滿臉的愁容。

　　那年中秋前夕，又晴剛上小學一年級，又宸讀幼稚園中班，妹妹仲雅因先生調職，一家人才遷往花蓮工作，仲玉準備好禮物，放學後，把兩個孩子交託給婆婆照顧，安排返回娘家探望雙親。

　　晚餐才吃到一半，文偉突然咳嗽不止，仲玉隨即遞上幾張衛生紙，頃刻染紅的痕跡嚇壞了她，一旁的靜芳盯著她手上的衛生紙，臉上神色十分凝重。

　　後來，文偉去醫院檢查，等報告出來，靜芳立即通知仲玉。

　　「妳爸得了肺癌。不過，我不打算讓他知道，只推說是肺炎，很嚴重，需要就醫治療。」

　　「為什麼不要讓爸知道？隱瞞真相比較好嗎？」

　　「我不希望他過於苛責自己。」

　　從年輕開始，白手起家的趙家夫妻，一同辛勤耕種蔬果，並參與銷售販賣。在靜芳眼裡，文偉總以家人為優先考量，是標準的居家好男人。

　　即使不夠富裕，家境頂多小康，對於兩個女兒仲玉與仲雅的教養，文偉一向自有主張，堅持要讓女兒明白自食其力的重要。還有，不管遇到什麼困難，家人永遠無可取代。

　　對文偉來說，只有抽菸例外，不列在他的生活原則裡。

　　抽菸是文偉情緒抒發的必要管道，也是他一直以來，沒有戒除的長年習性，更有極大可能，是造成他罹癌的主因。

　　即便靜芳沒有明說，文偉也能感受身體的病況，不如他以為的簡單。

　　原本，靜芳寄望能動手術，開刀將腫瘤切除乾淨。誰知腫瘤長在無法完全切除乾淨的位置，只能改用放射治療，一個半月下來，病情急轉直下，文偉整個人更加虛弱不堪。

　　每次仲玉跟峻杭帶著孩子到醫院，或她獨自一人前往探望時，看著病床上的文偉，持續忍受身體的疼痛，一旁無言的靜芳，則因日夜陪伴照料，臉上的溫柔笑容早已任由疲憊與憂傷取代。

　　滿懷悲傷的仲玉，能做的也只是默默在一旁陪著雙親，適時提供安慰。

　　三個月後，文偉撒手離開之際，仲玉告訴自己，父親一個人去了天際旅行，在她看不見的遙遠國度。

　　「要是有一天，我也跟爸一樣罹癌的話，你可得答應要對我坦白，讓我在剩下的時間裡，還能做自己想做的事。」

　　有天晚上，仲玉坐在床上，對準備入睡的峻杭說道。

　　「傻瓜，怎麼想這麼多，我們要一起生活下去，身旁還有兩個小跟班，妳不會有事的。」

　　「我不管，你只要告訴我，答不答應就好。」

　　「好，好，我答應妳。到時候，妳要真得了癌症，我會照顧妳到最後的，妳放心。」

　　峻杭當時的笑聲，彷彿穿越時空，如今透過徐徐風聲，

第一部　起風

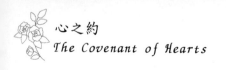

隱約迴盪在仲玉的腦海裡。

仲玉仰望天空，開了口：「老公，你走後這麼多年，我都七十六歲了，不知這副身體能再活多久，可是，謝謝你記得當初的承諾，透過孩子們傳來的心意。」

又晴趁著周末，又宸夫妻倆在家陪仲玉，約好多年不見的大學室友澄卉，一起吃頓午餐敘舊。返家後，一見到又宸，隨即快步向前。

「跟媽說了嗎？她反應如何？」

「媽看起來很平靜，只問我還有多少時間，我把實情告訴她，她想靜一靜。」

「待會換我來，聽聽她有什麼想法。」

看著仍坐在躺椅上的仲玉，又晴走近她身旁，先把幾顆梅糖塞到她手裡，再把門旁的矮凳拉近，挨著椅側坐下來。

「媽，這是澄卉要我給妳的。她記性真好，記得妳很喜歡吃梅糖，包括我們念書時，有次妳去台北辦事，特意帶好幾包梅糖去看我。」

「澄卉？是不是有張圓臉，頭髮自然捲，一笑起來就明顯出現兩邊酒窩，我記得她是基督徒，後來也遷到新竹來當中學老師？」

「沒錯，媽，妳的記性也真好。十年前那次，帶洛伊回來時，我們見過一次。這些年都靠電話與信件保持連絡，彼此都忙，沒什麼機會見面聊聊。」

「我們母女不也是這樣？妳總是隔好幾年才回來一次。澄卉單身還是結婚了？我記得她是抱獨身主義的。」

「喔，對啊，不過她早結婚了，我一直忘了說。來新竹後，透過學校同事的安排，撮合她跟梁先生。她先生人很親切，在戶政事務所上班，也很巧，他也有張圓臉，笑起來時，酒窩也很明顯，只是酒窩是單邊的。」

「太好了，我一直都很看好澄卉，覺得她會是個很棒的賢妻良母。有小孩嗎？」

「有，一男一女。大兒子目前在英國唸碩士，小女兒則在台中讀大學。」

仲玉一邊聽著，一邊低頭慢慢撕開小包裝，取出梅糖放進口中。

「好久沒吃了，味道還是一樣，真好。」

「果真，如澄卉所料，妳一定很開心。」

一提到澄卉，仲玉總有份熟悉感，她跟又晴內斂的個性不同，當初在台北遇見對方，才沒聊幾句，就能從她身上感受到大方成熟的氣度。

「伯母，老實說，本來我已私下找到工作機會，不打算繼續升學的，畢竟我爸離開不到一年，家裡只有我一個孩子，就這樣離開高雄去台北念書，我不放心我媽一個人在家。」

當時在台北，曾聽澄卉提起她父親，因長年在工地工作太過操勞，罹患肝癌三年後，在她高二時過世。

「嗯，我明白妳的孝心，但我也是母親，如果妳爸還在，他肯定希望妳繼續升學。」

「伯母，妳沒說錯，我爸媽書讀得不多，所以，他們一心希望我能好好讀書，讓未來的人生有更多選擇。因此，我

第一部　起風

還是順從我媽的堅持，來台北上大學。她說，那是神對我的安排。」

仲玉記得，澄卉才進大學不久，已開始規畫生涯，決心當老師的志向，因為那不僅是份穩定工作，也能讓遠在高雄的母親不用替她操勞煩心，就算相隔兩地，各自都能好好生活。

「幫我跟她說謝謝，太久沒見到澄卉啦，可以的話，請她有空來家裡坐坐。」

「正好，她今天也提，事隔多年，很想來見見妳。她的孩子都大了，現在家裡只有她跟先生，除了平日工作，空閒的時間很多。要是妳不介意，她想安排下周末來見妳。」

「妳跟她說我很歡迎，也很期待。」

見仲玉露出一絲笑容，又晴順勢提問。

「還有，知道病況後，覺得如何？」

看著又晴突然一副小心翼翼的模樣，仲玉忍不住微笑，拍著她的頭。

「原本我很擔心，萬一頭部出什麼問題，或造成記憶喪失，麻煩就大了。結果還好是胃的問題，畢竟是老毛病，感覺輕鬆許多。」

「媽，別說笑，這不是胃痛也不是胃潰瘍，是胃癌三期。妳一點都不害怕？別隱瞞，我婆婆多年前也曾罹過乳癌，所以我知道罹癌的心情。我沒提過嗎？」

見仲玉搖頭，又晴述說起當年的往事。從凱特一開始面對乳癌的驚恐不安，沮喪無助，再到手術過後，喬尼回去陪

伴雙親，一家人一起克服的辛苦過程。

「想不到妳婆婆曾經走過如此煎熬，我總記得她是個充滿自信又很開朗的人。看來，幸好喬尼在旁協助，妳一定也承受不少壓力。」

「嗯，都走過了。倒是媽怎會這麼平靜？妳肯定有事情瞞著我。」

「也不算是平靜，或者說我早有心理準備。還記得妳外公嗎？他在妳上小學時，因得了肺癌，狀況非常嚴重，只是無法動手術，三個月後就走了。」

「是嗎？我只記得媽說過，外公得癌症過世，卻沒有提到細節。我對外公的記憶不深，回想起來，幾乎都是跟外婆相處的回憶。」

仲玉娓娓道來，每次只要看著病床上的文偉，一股無能為力的悲傷猛力襲來，結果她什麼忙也幫不上，在雙親面前的強顏歡笑，仍舊無法阻擋病魔的兇猛攻擊。

「看到妳外公走的那一刻，我的腦中全是我們相處的時光。後來，只要想到他，仍會不自覺地流淚。我知道他依舊在我心裡，而且這份感受，隨著年歲增長，越來越強烈。」

「我懂，像我想起爸的時候。」

「我覺得我能體會癌症並不可怕，即使人已遠離，因為美好的記憶一直都在，家人溫暖感受也一直都在。」

「所以，妳才說比起胃癌，妳更不希望腦部出什麼問題，也不願失去記憶。」

「嗯。」

第一部 起風

「如果這樣，那妳想怎麼處理？我跟又宸打算跟醫生先詳談，討論合適的治療方法，說不定一切都會順利，妳也會好起來。」

「小晴，妳看我都這把年紀了，經歷這麼多的起伏，比起妳爸，我活夠久了，人的一生，不是一定非要活到多老才算足夠。」聽到仲玉的回應，又晴還是忍不住滴下淚水。

「不過，我明白你跟小宸的心情，治療方式就隨你們安排。之後，再來看看我這副老邁的身軀，是否還有餘力來配合。」

「媽別這麼說，妳該不會放棄了？這樣我很傷心。」

「傻孩子，我還捨不得你們，也還希望有機會，可以再見到喬尼與洛伊。」

仲玉從躺椅上起身，依靠在又晴身旁，笑她像個小孩似的，一把眼淚一把鼻涕，又晴僅僅微笑帶過，兩人抬頭望著雨後天晴，蔚藍無比的天空。

10.

新的一年到來，倫敦一月的寂靜夜晚，仍舊冷冽嚴寒，喬尼來電確認又晴的決定。

「妳把機票取消了，現在打算怎麼做？」

「我們把病況跟媽說了，她的反應很平靜，沒有太大的情緒起伏。今天下午我們會去見醫生，瞭解後續治療的相關細節。」

「很平靜？還是多留意一下。妳應該記得，當初我媽得乳癌時，情緒起伏很大。」

「我記得。」

從一開始的抗拒沮喪到後來的勇敢面對，不管化療過程如何辛苦，凱特那份決定堅持下去的毅力，不光是又晴，連喬尼都由衷佩服。

「我想，媽的平靜或許不是妳想的那樣，怕的是她根本就放棄了，這才是讓我在意的部分。一旦失去想活下去的渴望，再好的治療都無法全然發揮作用。」

「要真是這樣，該怎麼辦？」

「我只是提醒，等妳去跟醫生討論後，再看情況調整。」

「你都這樣說了，我怎能說不擔心就不擔心？從爸走後，媽就一肩扛起家庭與工作的重擔。她向來獨立自主，不太跟我分享心事的。你可能不明白，我跟婆婆反倒聊得來，而在媽的面前，就自然卻步不少。」

「這就是妳吞吞吐吐的原因？」

「老實說，我很害怕會突然失去她，這次回來見她，常想起我爸，當年他發生意外離世，我連道別的機會都沒有。」

「我懂妳的不安，可是，媽是罹患癌症，就算是三期也不是絕症。最重要的是，妳正好在她身旁，一切都有可能。只要堅持下去，都會有助於治療。別輕易讓害怕失去的恐懼先把妳擊垮。好了，妳等一下，洛伊有話要說。」

洛伊的聲音從話筒傳來。

「媽，外婆的情況很糟？爸跟我說了，是胃癌三期。」

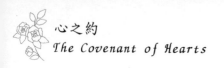

「不太樂觀，還不一定，倒是妳那裡時間很晚了，怎麼還沒睡？」

「有件事想請妳幫忙。」

「什麼事？」

「我很想外婆，連續兩晚夢到她，所以，我想跟外婆說幾句話。」

「外婆現在身體虛弱，常常不定時需要休息，兩地又有時差。既然妳很想外婆，我看約明天吧，我會先跟外婆說一聲，妳快去睡！」

「太好啦，謝謝媽。」

掛上電話，又晴走到庭院伸展筋骨，知會仲玉明天與洛依的約定。下午又宸請假回來，姊弟倆一同前往醫院。

隔天早上，又晴再次撥起電話，將商量的結果告訴喬尼。

「考慮媽的年紀與身體狀況，我們決定採用醫生建議的緩和性治療，先進行手術，切除部分的胃，後續以口服化療為主，副作用較少，在媽身體能負荷的情況下，盡量降低疼痛與不適。」

「我知道了。媽的情況呢？」

「跟之前差不多，應該是胃癌的緣故，造成她食慾不佳，體力衰弱，整個人看起來無精打采。不過，待會要跟洛伊說話，感覺得出來她很期待。」

「洛伊也是，一直站在旁邊使眼色，妳等等，我把電話交給她。」

「好，媽剛吃完早餐，人在庭院曬太陽，我過去找她。」

仲玉接過手機，耳際傳來清脆的嗓音。

「外婆，好久不見，記得我嗎？是小伊。」

「小伊，好久沒聽到妳的聲音了。」

「我也是，我好想外婆喔。聽說妳生病了，身體要養好喔！」

仲玉聽見洛伊的問話，並不希望她太過擔心，立即轉換話題：「小伊呢？上大學了吧？」

「還沒有。我才剛從高中畢業，暑假時，我去民宿工讀三個月，現在都待在家裡，有時會試著做菜或讀書，還不確定未來的方向，說不定還是會上大學，想花些時間仔細考慮。」

「聽起來生活很悠閒，跟我現在差不多。」

「外婆，我好想去台灣走走，想想我們十年沒見了。」

「原來過這麼久了。要是妳真能來看我的話，我會很開心，可以面對面說話，不然每次想妳時，也只能看照片。」

「那這樣，我們先說定喔，外婆只要記得把身體照顧好，等我過去時，一起開心拍照。」

「我的病情很難說，不知會不會好起來，也不知能不能等到妳來。」

「外婆，不可以這樣說，要有信心。不如妳先答應我，相信妳一定會好起來。」

仲玉只是笑笑，沒有回答。

她想起十年前，每天早上洛伊一起床，總是立刻跑進她的房間，拉著仲玉替她梳理一頭棕色過肩的亂髮，還在鏡子面前手足舞蹈，扮起鬼臉逗她大笑的表情。

第一部 起風

「小伊，妳還是留長髮嗎？記得妳上次回來，老是要我替妳梳頭，幫妳綁辮子、繫馬尾的樣子。」

「呵呵，我才正想跟妳說呢。為了看起來成熟穩重，暑假畢業後我就剪掉長髮了，爸爸說我的臉圓，配短髮也好看，可是媽不喜歡，說我比較適合留長髮。」

「短髮長髮都不錯，只要妳喜歡就好。妳媽自己都留短髮居多，在我印象中，她只有讀小學時留過長髮。她說短髮簡潔方便，款式又多樣，只有上大學時，頭髮有稍微長到肩膀附近。」

仲玉記得當年，喬尼第一次來台灣時，看著又晴中學時的照片，很喜歡她一頭俏麗短髮的模樣。倒是沒想過，原來受一般台灣女生青睞，長髮飄逸的模樣，竟不是又晴的首選。

「外婆，妳還沒有答應我，那麼，我就當跟妳約好了，等我去台灣看妳再說。」

仲玉笑笑，仍是沒給承諾。

她掛掉電話，把手機交給一旁的又晴，緩緩走回房間。望著仲玉蹣跚踱步的背影，又晴沒多說，百般滋味全湧上心頭。

當年，曜昇出生，仲玉相當開心，曾因此讓在倫敦念書的她吃味起來，倒沒料到才來台灣兩次的洛伊，比起曜昇，跟差了一輩的仲玉相當投緣，話題聊不停，更像個小跟班，總愛圍著仲玉繞來繞去。

聽見仲玉的回覆，再想到她此時虛弱的身體，又晴坐在客廳沙發上，不僅懷疑，是否真有那麼一天，能讓這對相隔

遙遠，多年不見的祖孫倆重逢。

　　一陣惶恐猛烈浮現，又晴悔恨四年前狠心的自己，做出不准洛伊一起回來的決定，把女兒的殷殷期待徹底粉碎。

　　回到房裡，情緒仍舊起伏的又晴走到桌前，靜靜看著左右側擺放的合照，一邊是仲玉跟她，一邊是她、喬尼與洛伊三人。

　　又晴瞥見右上角的聖經，凱特親筆留下的祝福映入眼中，憶起當年她重拾信念後的大幅逆轉，還有兩年前，她辭世時說的話。

　　「說不定，真如媽的話，這本聖經會給我最大的力量，因為有神的愛，還有媽的愛。」

　　坐下來喝口茶後，又晴挪開浮貼的紫色小卡，第一次隨手翻開聖經，經文在眼前呈現，頃刻間，一股暖流奔湧奪眶而出：「凡勞苦擔重擔的人可以到我這裏來，我就使你們得安息。」（馬太福音十一：28）

　　一周後的周末午後，出現在黎家的訪客，同樣與仲玉相當投緣。

　　「媽，記得這是誰嗎？來探望妳的訪客。」

　　帶著無框眼鏡，留著齊肩捲髮，身材圓潤的中年女子，跟在又晴後面，走進黎家客廳，挨近坐在沙發上的仲玉。臉上兩個明顯的酒窩，一笑起來，立刻喚起仲玉的陳年記憶。

　　「澄卉，有點認不出來了，還好，妳兩頰沒變的酒窩幫了大忙。」

　　「伯母好，好久不見。」

「謝謝妳送的梅糖，我很喜歡。過這麼多年，想不到妳還記得。」

「哪裡，伯母，怎麼跟我客氣起來。」

又晴先招呼澄卉坐著，從廚房端三杯蜜茶過來。

「說起來，梅糖還是我的幸運糖，是我要跟伯母道謝才對。一直以來，都沒機會聊起這件陳年往事。」

當時，為了節省生活花費，澄卉向來不吃零食。是在又晴的強力推薦下，第一次品嚐梅糖的滋味。

比起自己，澄卉家境清寒許多，加上仲玉不時採買梅糖的習慣，所以當時又晴只從袋中拿出幾顆，其餘的全留給澄卉。

一開始聽又晴對仲玉的描述，到親自遇見對方，分享同樣走過父親罹癌的成長經驗。後來，也隨又晴來過黎家幾回，仲玉不光是室友的母親，更是她想效仿的榜樣。

即使失去意外喪生，一生摯愛的伴侶，仲玉仍是全心全意努力工作，照顧家人的那份堅持，激勵了當時僅一面之緣的澄卉，就像含在口中，越吃越有一番滋味的梅糖。

「原來妳把梅糖一直留著，沒馬上吃完？不過，至少也在期限前吃光吧！」

「又晴，妳放心，我雖然把梅糖當成寶貝珍藏，倒是沒有放到過期啦，不過，我只留在重要的時刻才吃，像面對課業的壓力，或準備考試時。而且，我發現，只要吃梅糖的那一天，我的心情就自然變好。」

「是嗎？原來妳跟梅糖之間，還有這段小插曲。」

「還不只如此，連同事介紹我先生時，我也隨身帶幾顆在身上，喝完茶後跟他們分享，結果大家都很喜歡，說酸酸甜甜的滋味配茶很棒。」

澄卉繼續說道，從結婚到現在，梅糖後來變成她與先生的幸運糖，不管何時品嚐，都會喚起兩人的記憶，那段牽繫彼此姻緣的美妙時光。

「真是要謝謝伯母，要不是伯母當時的分享，也不會經歷這一切。」

「這倒是真的，不過，我也有幫忙，因為我只取了幾顆糖，把五包梅糖都留給妳。」

「是啊，又晴，也很謝謝妳當時的慷慨。今天我帶了點心來分享！」

澄卉從手提袋裡取出梅子醬，那是在英國念書的兒子，失戀後跟朋友去了倫敦幾天，經過日本商店時買的，還寄回來給她當禮物。她剛從麵包店買了吐司，一起搭配食用。

「我很開心，謝謝妳專程準備的小點心，尤其因梅糖而串聯起來的故事。」望著澄卉，仲玉表達心滿意足的謝意。

眼前擺放的點心，仲玉簡單吃幾口，又晴倒是難得連續拿起四片吐司，大快朵頤，讓澄卉憶起當室友時，兩人總是一同用餐聊天說笑的情景。

點心用畢，又晴剛起身，準備去廚房多倒些蜜茶，擺在桌上的手機響起，顯示的是洛伊的手機號碼。

「媽，我在機場，待會要搭機去台灣啦！」

「什麼，妳要來台灣？怎麼回事？」

第一部　起風

「放心，一切都好，等我抵達後，見面再說。」

不光是又晴一臉震驚的表情，連仲玉都嚇了一跳，只有澄卉一頭霧水。

「是我女兒，她在倫敦的希斯洛機場，說正要搭機來台灣！我根本不知道這回事，也沒聽我先生說起。」

「原來是這樣，不用在意，我女兒也常會這樣，喜歡來個出其不意的驚喜，總會讓做父母的驚嚇不已，習慣就好。」

又晴點頭，轉身看著仲玉：「媽，原來洛伊早就決定好要來看妳，難怪那天一直說個不停。」

「我想也是，這孩子一定說到做到。」仲玉嘴角微微抽動，輕聲回應。

第二部　裂口

最要緊的是彼此切實相愛，因爲愛能遮掩許多的罪。

——彼得前書四：8

1.

又晴站在桃園機場的入境大廈，迎接正向她大步走來，一頭飄揚的棕色短髮，搭配紅白印花上衣與藍色牛仔褲，頭高她兩公分，均勻體型的洛伊。

「媽，我來啦！」

一見到洛伊，又晴劈頭就問：「是什麼時候決定好的？」

「那天跟外婆聊完，隔天早上就訂好機票。」

「既然這樣，為何不先跟我說一聲？這麼莽莽撞撞的。」

「妳肯定會阻止我啊，或者根本不會同意。」

「那得看妳給的理由是什麼。妳爸呢？什麼都沒說？」

「哎呀，等妳打電話給爸時再問他。今天天氣真好，雖同樣是冬天，台灣也遠勝過寒冷的倫敦，我們回去吧！」

機靈聰敏的洛伊，懂得大庭廣眾下，巧妙避開又晴嚴厲的話語，一把勾住她的手臂，拉她往停車場走去。

晚餐後，又晴回房撥電話給喬尼，告知洛伊已平安抵達。

「你是怎麼想的，才要安排媽進行手術，之後還有化療，怎麼突然讓洛伊回來。她才來過兩次，上次是十年前，雖然現在資訊發達，許多人靠一隻手機就可以勇闖天下，只是我不可能完全不顧她，肯定得分心照顧。」

又晴發出一大串的質疑，喬尼要她先深呼吸，才開始解釋。

「先聽我說，妳誤會了。打從一開始，洛伊就決定瞞著我們，我是她出發前一晚才知道的。她說，這件事對她很重

要，要我相信她的決定，也保證會照顧好自己，不會給妳添麻煩。」

「她會這樣說？你知道她突然飛來的原因？最近有什麼事發生？弄清楚狀況，我好知道如何應對。」

「我想想，也許跟安娜說的事有關。」

安娜跟洛伊同年級，是隔壁班同學，跟湯普森家隔兩條街，有時上下學會碰見。一個月前，周日安娜來找洛伊，提到兄長喬治，在愛丁堡大學念書，半夜急性氣喘發作，情況緊急，幸好隔壁室友發現趕緊送醫，才沒有造成大礙，撿回一條命。

「太嚇人了！不過，這件事跟洛伊來台灣有什麼關係？」

「自從知道媽得了胃癌，要動手術與進行化療，她就很擔心，常託我問妳情況如何。我知道妳很忙，沒有多問。也許是受到喬治的事影響，趁媽還能活動自如，妳又在那裡，乾脆飛去一趟親眼確認。妳也知道，四年前她沒見到媽，一直很沮喪。」

「喔，是洛伊說的？」

「她沒說，是我猜的。」

喬治的事，讓洛伊十分震驚，明白一旦身體有病痛，不僅人不舒服，更無法預知後果，感觸很深。後來，得知喬治沒事時，鬆了口氣，直說安娜一家人終於能放心啦。

「的確是，要是年紀輕輕的孩子突然失去生命，離開人間，我想，沒有哪家父母能承受得了。」

「妳瞭解啦？會去台灣，全是洛伊做的決定。」

第二部 裂口

「嗯，只是還無法馬上接受，這裡不比倫敦，還有其他家人在，我需要一點時間。你放心，我沒生你的氣。」

「我曉得。對了，洛伊的機票費用，是她用去民宿賺的費用支付的，沒有向我開口。」

「是嗎？聽起來她下很大的決心，非得親自來一趟不可。」

「不只如此，昨天我打電話給爸，才知道洛伊跟他提過。爸直誇她很棒，願意一個人大老遠飛去看生病的外婆，私下轉給她一些費用支助，倒是洛伊對爸說，爸的錢她都會留著，除非真有必要才動用。」

又晴明白，不管是馬修也好，仲玉也好，洛伊向來很得雙方祖父母的疼愛，每次見面與互動總是相談甚歡。

「妳也知道妳女兒的個性，既然去了，就放心吧。有洛伊在旁，媽肯定很開心，說不定對她接下來的手術與治療過程，甚至病情恢復都有幫助。」

結束通話，又晴走下樓，看見客廳裡聊天的仲玉與洛伊，憶起十年前的場景。那是洛伊第二次來台灣。

差不多隔四年才回來一趟，當時她看著仲玉對八歲的洛伊使盡渾身解數，讓沒幾天就完全適應環境；這次正好相反，換成十八歲的洛伊說著中文，一股腦想逗樂無精打采的仲玉。

「小晴，妳看小伊長大又懂事，更漂亮了。剛聽她說，如何一手安排來所有細節，大老遠飛來，我很感動。」

「哪有，她啊，什麼都沒跟父母商量，就擅自做出決定。光這點就不算懂事。」

「小晴，別才一見面就只會訓話，想想我們祖孫倆十年沒見，要不是她決定飛過來，依我現在的身體情況，說不定永遠見不到。」

「好啦，媽，沒事的。時間晚了，先陪妳回房，以後還有很多時間可以聊。」

回到客廳，她再次恢復母親的威嚴模樣。

「我們先說好，既然是來看外婆，要依照她的身體與作息習慣調整，不能再今天這樣，光顧著聊天，忘了時間。外婆年紀大了，又生病，身體狀況不比以前。」

「我知道，是我的疏忽，太久沒看到外婆，忍不住就多聊幾句，以後我會注意的。媽，晚上還是跟妳一起睡嗎？」

「又不是小孩子，不用跟我擠一張床。妳舅媽說，妳表哥曜昇在高雄念書，很少回來，妳安心待在他房裡，也幫妳整理打掃過了。要記得，別亂動房裡的東西，這裡不是倫敦的家，記得要有分寸。」

「這裡是妳的老家，也算是我的家。妳不是才說，我已經不是小孩子了，那就沒問題的，我曉得該怎麼做。」

原本又晴以為，好幾個星期沒見到彼此，母女之間的互動會有些不同，結果沒兩下就跟在倫敦一樣，才說幾句，氣氛一下子凝重起來，她想起仲玉剛才的忠告，不再多言，兩人直接前往三樓，簡單介紹屋內的陳設。

「這是曜昇的房間，妳先整理行李，去洗個澡休息。我在二樓，有什麼需要的，再來跟我說。」

「媽，萬一我有時差，無法入睡怎麼辦？半夜要怎麼度

過？我不記得上次來的事了。」

　　她才剛跨出房門，突然一把被洛伊拉住手臂，冒出啼笑皆非的問話。

　　「妳啊，大老遠飛來都不怕了，怎麼擔心起時差？真有時差也沒影響，不是大問題，過幾天就好。」

　　看著洛伊，一下子大人般的說話口吻，一下子小孩般的糊里糊塗，弄得又晴又好氣又好笑。

　　「這樣吧，要是真有時差睡不著，下來敲我的門，看妳要我陪妳做什麼打發時間，房裡有故事書，有音樂，也有小時候的遊戲與漫畫。」

　　「真的可以嗎？妳不介意？」

　　「可以。只要妳下來時，謹慎小聲，千萬別吵醒妳舅舅跟舅媽，他們每天都要早起上班。」

　　「太棒了！」

　　「好啦，快去整理，時候不早了。」

　　交代完，她回到房間，看著桌上一家三口的合照，喃喃說道：「妳啊，人的確是長大了，在我心裡仍是個孩子，當母親的，再怎樣也仍會操心。光這點，我就跟妳爸不同。」

　　十四年前的暑假尾端，在凱特化療的情況穩定後，她跟喬尼首次帶著洛伊，一家三口踏上台灣。夫妻倆一人一邊牽著洛伊的小手，在日月潭湖畔漫步，瀏覽美麗的湖光水色。毫不怕生的洛伊，在父母身旁繞圈，手舞足蹈哼著歌，那段美好的往日回憶，清晰留在又晴的腦海裡。

　　又晴也記得當時，從抵達台灣開始，比起熟悉慣了的英

文用語，洛伊似乎更偏愛中文一些。

　　有一回，當洛伊看到客廳桌上，又宸買給曜昇的中國民間故事，她會走向前拿起書，要仲玉用英文跟她解說故事內容。

　　而且，她還要仲玉用中文再朗讀一次，好不時跟著她的聲調，開口模仿幾句，並開啟她日後積極學中文的熱情。

　　雖然一出聲就錯誤百出，不免讓一旁的又晴捏把冷汗，擔心在自家人面前出盡洋相，喬尼反倒一點都不在意，鼓勵大家為她拍手，稱讚小小年紀的洛伊架式十足，勇氣百倍。

　　看在又晴眼裡，曉得她跟洛伊的差異。她總是缺乏洛伊身上那股與生俱來的冒險勇氣，也因她總是習慣深思熟慮，需要先受到家人的鼓勵，才會採取行動。

　　一如她七歲時，也曾跟洛伊一樣，一家人前往日月潭湖畔，只是她緊挨在峻杭與仲玉的身邊，看著又宸在一旁玩耍嬉戲，只能暗自羨慕，什麼舉動也沒做。

　　隔天早上，又晴先敲門後走到房內，對著熟睡的洛伊，用手搖晃幾下。

　　「洛伊，快起床，吃早餐啦！」

　　「咦，看來我睡得很好，完全沒有受時差的影響。」

　　「是吧，白擔心一場。快下去，我們都吃飽了，只剩妳外婆，堅持等妳下去一起用餐。」

　　「好，給我三分鐘，馬上下去。」

　　洛伊迅速起床更衣，動作俐落，鋪整床鋪後立即下樓，坐在仲玉身旁開始用餐。

　　眼前呈現的一切，都讓又晴大開眼見，對照在倫敦，幾乎每天吃早餐，都得三催四請，洛伊才會姍姍來遲。她向來愛拖延，要是上課來不及，就索性不吃。此時此刻的反差，的確讓她難以置信。

　　「看來，這趟旅程，帶來相當多的意料之外。既然洛伊堅持要來，肯定有她的道理。倒不如就靜觀其變吧。」說完話，她往前方樓梯走去。

　　2.

　　今年的農曆春節來得早，一月底即將過年。儘管黎家多了又晴母女倆團圓過節，卻因仲玉的病情，少掉往年般的放鬆。

　　但最開心的，莫過於第一次在台灣過年的洛伊。

　　首先，她終於見到從高雄返家過節的曜昇，聊起成長點滴。尤為感動的是曜昇的大方，一點都不介意睡客廳沙發幾天，房間依舊給她使用。更因又宸的特別交代，還騎車載她在市區及海岸附近閒逛，享用道地的點心，好好體會台灣春節的歡樂氣氛。

　　此外，洛伊首次收到春節紅包，裝有仲玉與又晴給的壓歲錢，她不僅拍照分享給遠方的喬尼，還笑說分文不動，全存起來當紀念。

　　二月下旬，安排仲玉進行胃切除手術，又晴與又宸仔細商量，決定手術當天，由兩人一同陪伴。

手術前一天中午，又宸來電，告知隔天無法前往醫院。

「姊，剛接到經理通知，明天一整天，部門根據新案件要開決策會議，他目前人在國外洽商，趕不回來，由我主持召開，跟同事進行討論。」

「明天？你忘了媽明天早上動手術？不是早已請好假？」

「沒忘。可是，經理專程通知，指名要我執行，也不好推辭。」

「部門也有其他同事吧？難道非得由你不可？」

「經理一直很信賴我，相信我的能力，才會臨時打越洋電話過來，交代我代替他處理。」

又宸回應的口吻，讓又晴不禁想起多年前，當時她在台北，奶奶跌倒後的後續發展。

奶奶在醫院治療完，她送奶奶去搭車回新竹，因仲玉尚未回家，她便聯絡又宸，記得晚上去車站接奶奶。

兩天後，她再度打電話回家，問及奶奶的情況，才得知那天又宸並未出現，奶奶是搭乘計程車回家的。

「為什麼你沒去接奶奶？我們不是說好了？」

「我知道。可是，才跟妳通完話，芸之沒多久就打電話來，說她爸媽已從台南上來探望她，要我安排一起吃晚飯。」

又宸不好推辭，只好迅速聯絡仲玉。仲玉明白芸之的心情，不安排赴約反而顯得很失禮，臨時聯繫鄰居李太太，請她搭計程車去接奶奶。又宸只負責安排餐廳，晚上跟芸之雙親聊得很開心。

第二部 裂口

　　因為奶奶北上的意外，導致子晏對又晴的不諒解，連面都不見，只留封卡片提分手。想不到，竟在同一天，又宸與芸之家人的關係，倒是更進一步。

　　「怎麼這麼巧，事情全發生在同一天，結果卻相差這麼多！」

　　她仍記得那時，心裡冒出許多問號，五味雜陳，對又宸既氣憤又難解的情緒糾結。

　　「當年也是因遇見芸之，又宸才願意改變，開始學習體諒他人。我想，媽要是知情，不會介意的。」

　　她想起仲玉曾陳述的往事，儘管類似的情況再度發生，已能體會又宸的考量，態度軟化許多。

　　「要是這樣，那你去跟媽說，媽應該明白你的工作情況。不如這樣，反正洛伊在，我叫她跟我一起去就好。」

　　「謝謝姊，願意體諒我的難處。明天的手術，就麻煩妳多費心。不過，發生緊急情況要聯絡時，可以傳訊息或打電話給芸之，她會通知我的。」

　　隔天一早，又晴已備妥動手術的相關準備，加上術後住院的一些物品，與洛伊一同陪仲玉前往醫院。

　　「外婆，記得要放輕鬆，手術一定會順利的。」

　　「小伊，任何手術都有風險，不過，我會記得妳的話。」

　　一路上洛伊握著仲玉的手，儘管身體的不舒服，讓她感到疲憊，但臉上的表情仍舊平靜。

　　一切步驟準備就緒，仲玉進去動手術，又晴母女倆在手術室外等候著。

　　手術在五個半小時後結束，又晴用電話知會芸之，將好消息轉告又宸。

　　「媽的手術順利，切除三分之二的胃，待會要辦理住院調養，至少會待一星期以上。等確認傷口未化膿發炎，完全癒合拆線後才能出院。」

　　「我明白了，謝謝姊。等又宸忙完，我們立刻過去醫院。」

　　「媽，可以放心啦，醫生說手術很順利。」又宸與芸之一同走進病房，對病床上的仲玉說著。

　　「嗯，我剛聽小晴說了，表示我的身體情況還可以。」

　　她望著孩子們的笑臉，確實鬆了口氣。

　　看著病房裡的長輩們，洛伊倒是搶先一步附和：「當然，我早就說啦，要外婆放心。」

　　「洛伊，謝謝妳代替舅舅來陪外婆，想吃什麼，儘管跟我說。」

　　「好喔！不過，舅舅，為什麼外婆身上用這麼多管子？」

　　「才剛做完手術，用這些管子來協助虛弱的身體。妳想想，把大部分的胃切除掉，傷口也才剛縫合，暫時需要透過它們，幫身體慢慢恢復正常運作，像是進食、排泄等等。」

　　根據由護理師提供的衛教指導，又宸開始向洛伊一一陳述。剛做完手術，目前是禁食階段，需要先等幾天後排氣。他接著說明各種管子的不同作用，包括鼻胃管、傷口引流管，還有導尿管。

　　「我還不曉得，原來這麼複雜。」

又宸點頭：「媽剛動完手術，需要休息，換我來陪就好。芸之，妳帶姊跟洛伊去吃晚餐，喝點東西，她們一大早就陪媽到現在，待一天下來，肯定累壞了。」

「那你呢？要幫你買什麼回來？」

「不用了。開一整天的會，部門同事準備很多茶點，加上午餐吃很飽，我一點都不餓。」

「知道了，那媽交給你。」芸之說完，拉著又晴走出病房，洛伊跟在後面。

三人步行，走進離醫院不遠的複合式餐廳，點好餐點與飲料，選了靠牆的位置坐著。

「要不是親眼看見外婆動完手術後的樣子，我還以為，手術結束就可以回家了。」

芸之喝口柳橙汁，向洛伊解釋術後的情況。

「胃癌手術不像一般小手術，切除大部分的胃之後，器官功能不再跟以前一樣，身體得花好一段時間進行調養，才能逐漸恢復。為了抑制腫瘤的生長與擴散，之後還有化療。洛伊，妳應該是第一次接觸癌症的事吧？」

「不是第一次。在我很小的時候，我奶奶也因得到乳癌二期做了切除手術，只是我沒有親眼看見。媽，妳還記得這件事嗎？」

「嗯。」

「因為擔心奶奶的心情不好，爸在她動完手術後，特意調整工作回去老家，待好幾個星期陪伴，媽跟我則留在倫敦。」

洛伊一邊用餐，一邊跟芸之分享兒時回憶，又晴沒有加

入，在一旁靜靜地用餐。

「後來聽爺爺說，她很堅強，在進行化療的幾個月裡，頭髮掉光了，還受副作用的影響，身體常常不舒服。可是，她從化療一開始到最後，努力打起精神，即使沒有頭髮的模樣，也不會在爺爺面前哀聲嘆氣。」

「聽起來，妳奶奶真的很堅強。抗癌這條路非常不容易，可不是每個病患都能做到。現在呢？妳奶奶的身體還好嗎？」

「她兩年前離開我們了。現在她在天國，跟愛她的神在一起。」

「抱歉，舅媽不知道這件事。如果提到妳奶奶，會讓妳難過的話，我們可以聊別的。」

洛伊停頓幾分鐘，把番茄肉醬麵先吃完才回應：「舅媽，沒關係的，我很樂意跟妳分享，因為奶奶一直都在我心裡。」

「既然這樣，妳介不介意，舅媽想問妳一個問題？」

「不介意。」

「是不是因為妳奶奶的事，當妳知道外婆得到胃癌，而且是比較嚴重的三期，就決定飛來看她？」

「咦，舅媽好厲害，竟然會猜得到！我從沒跟任何人說。」

「因為妳剛說她得過乳癌，讓我聯想起來。」

看著芸之認同自己的表情，洛伊相當開心。有空時，她會跟父母回去約克探望祖父母。不過，她跟祖父母的感情向來很好，正如她跟仲玉一樣。

洛伊也覺得很奇妙，才來台灣兩次，第一次她四歲，第二次她八歲，每次也停留不過幾周，大部分的時間都是透過

電話連絡。倒是心裡常惦著仲玉，老是記起十年前，祖孫倆在新竹的歡笑時光。

「這就是緣分啊！妳很貼心，難怪妳一來，即使外婆再不舒服，我們都覺得她心情變好，有妳專程飛來，陪著她再次歡笑。」

芸之側過頭，向又晴大大稱讚洛伊：「姊，真羨慕妳，生個好女兒。」

「哪裡，曜昇也不錯，功課好人緣佳，只是他現在忙著念書打工，不常回來。」

聽著芸之與洛伊的對話，一旁的又晴相當驚訝，連朝夕相處，身為父母的喬尼跟她都沒猜到，洛伊決定飛來的真正原因。

「姊，關於媽住院時的照顧安排，又宸說，平日我們要工作，由妳與洛伊來陪媽，周六日時就換我們。看護部分，他也安排一位林太太，可以根據我們的需求來協助配合。」

「舅媽，我反正沒事，可以每天來陪外婆，要是妳與舅舅周六日需要我來，也沒問題。」

「妳真貼心。不過，妳舅舅有更好的想法。」

又宸認為，既然洛伊才來過兩次，倒不如趁著周六日，由又晴挑幾個不錯的景點，帶她出去走走，一方面讓洛伊體會新竹的特色，另一方面也讓又晴重溫家鄉久違的美麗。

「姊，不如妳考慮看看。」

「再說吧。我知道你們的好意，不過，洛伊飛來主要是陪媽，也沒有急著回英國，一切還是等媽的情況穩定後再說。」

「嗯，我明白。」

手術後的第五天，仲玉已能自行排氣，醫生替她將鼻胃管移除，給予相關指示，可以開始進食。

身上的傷口，癒合狀況都算良好，疼痛相對減緩許多，醫生檢查後，也將導尿管移除，告知可以適度下床走路，進行肢體上的活動，有助於日後的復原狀況。

二月底，天氣逐漸開始回暖，又晴母女倆依舊如昔，用完早餐後前往醫院照顧陪伴仲玉，提供需要與協助。

午後，又晴留洛伊一人陪伴仲玉，她則返回家中，花整個下午的時間，來打掃仲玉的房間。

出院前夕，她重新調整床鋪桌椅的位置，象徵新的一年，煥然一新之意，並且挪出更多空間，方便仲玉日後走動和舒展筋骨。

「又晴，我在妳家附近，如果妳在家，大概五分鐘內到。」

「沒問題，我在家。」

房間收拾完畢，手機鈴響，收到澄卉傳來的訊息，又晴迅速給予回應。

「今天星期二，怎麼有空過來？」

「之前妳曾告知，伯母順利動完手術。我心裡老惦記著這件事，只是過年後事情繁忙，到今天才有空，放學後先把禮物帶過來。」

「床單被套組？好巧，剛整理完我媽的房間，把她多年使用的床單被套扔了，想說明天要去買新的，結果妳就帶來

了，謝謝。」

上回來訪，澄卉陪仲玉回房時，看到老舊的床單與被套，回家時經過寢具店，順便先買起來，只是一直沒有機會拿過來。

「妳女兒來了，伯母肯定很高興。」

「的確，她人在醫院陪我媽，兩人十年沒見，感情還是非常好，倒是跟我這個朝夕相處的媽媽，就差一大截。孩子大了，無法避免的隔閡自然會出現。不像妳，家中有兩個小孩，熱鬧一點，親子關係也比較平衡。」

「這倒不一定。嫁到梁家後，和彥出生，我跟我先生只要專注在他身上，還能互相幫忙。五年後，和貞到來，專注力不但得分散，加上他們個性差異大，不容易玩在一起，花上不少時間調整才適應。有時候，還得看情況隨機應變。」

「是嗎？妳要是沒說，我還真沒想到這一點。」

「當然，妳只有一個女兒，哪能想得到。事情都有好壞兩面，倒不用太介意，只要能珍惜擁有的，就是最好的。」

「妳跟小孩之間感情很好，應該沒有隔閡吧？」

「哈，怎麼可能沒有，只是我先生的妙方很管用。小孩出生時，他跟我約好，凡事要坦承溝通。時間差不多了，我得先回去做飯，改天再聊。」

「嗯，我也是，我弟他們等下也該回來了。」

送澄卉離開，又晴回到仲玉房內，換上禮物，印著田園碎花圖案的床單被套組。

站在煥然一新的房間裡，她抬頭望著牆上的照片，那是

父母親初次見面，由方師母拍的合照。長髮披肩的仲玉身穿碎花洋裝，站在高她一個頭的峻杭身旁，開懷笑著。

3.

待在醫院的洛伊，等仲玉小睡後醒來，先闔上《傲慢與偏見》，再把椅子拉近床邊。

「外婆，還記得我前幾天提過的安娜嗎？她是我很要好的朋友。」

「嗯，她跟妳同年級，爸爸是德國人，媽媽是日本人。」

「我想跟妳說關於喬治，前陣子發生的事。」

「喬治？」

「喔，他是安娜的哥哥，目前在大學唸書。」

喬治有氣喘的問題，只是他常因課業忙碌，並未按時用藥。有天半夜，突然急性氣喘發作，情況危急，幸好他立即用椅子猛力撞擊房門，讓隔壁的室友迅速察覺不對勁，立即求援，將他送往醫院。

「還好室友的協助，才沒有發生任何遺憾。當安娜跟我說喬治平安時，我真的很高興。」

「我也替他感到高興，畢竟很多時候，意外的發生是無法預料的。」

「唉！」

「怎麼嘆氣？不是才說替喬治感到高興？」

「喔，妳誤會了，是提到喬治與安娜，忽然想起小時候

心之約
The Covenant of Hearts

許的心願，一直都沒有機會達成。」

　　仲玉一臉的困惑，讓洛伊突然感到不好意思。

　　「外婆，我從沒告訴過任何人，可是現在，我想跟妳說。」

　　「說吧！」

　　「十年前來的時候，有晚臨睡前，我對著天上的月亮許的心願。那時候，我常常看見媽跟舅舅聊起往事，很羨慕兩人有說有笑的模樣。所以，我也想要有個弟弟或妹妹，可以陪我一起玩耍說笑。」

　　家裡只有她跟父母，跟獨子的喬尼一樣，只要回約克時，她總愛陪在祖父母身邊，從整理花園到料理家務，光是三個人一起坐著看電視劇，或看著益智節目打發時間，都讓她非常開心，知道身旁有同伴可以分享。

　　相反地，待在倫敦的家裡，儘管每天父母都在同個屋簷下，他們要處理各自的事，想找人聊天時，也沒有手足在旁，她內心總覺得孤單。

　　「曜昇表哥就跟我不一樣，他喜歡一個人，只要舅舅跟舅媽光疼他就夠了。而且，爸的想法也差不多，一個人從小到大都很自在，從沒特別想過需要有兄弟姊妹。」

　　「原來是這樣。妳發現妳媽有個弟弟，連安娜也有個哥哥，可是，妳終究是一個人，也沒辦法學妳爸那樣灑脫。」

　　洛伊點頭。

　　仲玉拍拍她的頭，語重心長地說著：「看來，妳應該不曉得妳媽曾流過產的事。依妳的個性，要是妳知道的話，就不會困在自己的想法裡，也不會在意這個心願有沒有達成。」

「媽流過產？沒人跟我說過！外婆，快告訴我。」

「唉，這件事說來話長，先讓我起身，稍微活動一下。」

仲玉的臉上，仍舊露出一貫的微笑，更多了疼惜的神情。洛伊扶著她緩慢起來，握著她的手下床走動，感受兩人手心裡串流的溫暖。

十二年前，仲玉接到又晴從倫敦打來的電話。

「媽，胎兒沒了。」

「怎麼會？不是好好的？發生什麼事了？」

「我不知道，前七周以來都很穩定，上周去醫院檢查時，發現胎兒沒心跳，醫生也沒多說什麼。」

「流產的原因很多，有時是胎兒的問題，有時是母親身體的狀況不佳。先把身體調養好吧。」

自從嫁給喬尼後，在又晴眼中，喬尼身為湯普森家的獨子，雖得父母寵愛於一身，但身上肩負的責任一點都不輕鬆，尤其她沒忘記凱特因乳癌動手術後，他回家陪雙親的那段辛苦過程。

因此，又晴心中一直盤算著，一定要再生個孩子才行。

「媽，洛伊現在還小，我一直都認為，要是有個弟弟或妹妹跟她一起作伴，就像我跟又宸，她肯定會很開心。」

「我明白，不過，別給自己太大壓力，有些事強求不來。妳才剛流產，身體很虛弱，需要花時間調養恢復。要不要我寄些中藥給妳補身體？」

「不用啦，要妳專程從台灣寄來，太麻煩了。倫敦有個

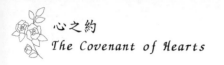

中國城，裡面有賣中藥的店鋪，如果真的需要，我自己處理就好。」

關於生孩子這回事，仲玉倒從未特意計畫過，一切都是順其自然。

生於務農的家裡，仲玉與差她一歲半的仲雅，一生下來就是兩個健康寶寶，從小開始，姊妹倆自動自發，答應父母要顧好課業，課餘時也會一起分工合作，包括整理農作物與協助家務，維持家中的整潔。

仲玉的膚色白皙，一六五公分瘦高身材，橢圓臉上有著深邃五官，類似母親靜芳的特質；仲雅膚色健美，一六二公分的圓潤身型，方形臉上同樣有著深邃五官，與父親文偉的特質相似。

受到雙親的重視與教導，姊妹兩人各有特色又充滿自信，不用特意吃補調養，長期規律的運動與內在薰陶，自然散發出紅潤健康的氣色。

嫁給峻杭後，從懷孕到生下又晴與又宸，過程一切順利。她一直認為，生兒育女是女人再自然不過的事，一度也認為又晴該是如此，順其自然就好。只是，發生在又晴身上的一切，都跟她不同。

生洛伊時，又晴身旁沒有娘家的人，在倫敦的醫院，獨自經歷辛苦的生產過程，加上文化差異，當地沒有坐月子的習俗，生產完出院回家，還得一手負責照顧嬰兒，承受極大的忙碌與疲憊。

洛伊出生一個多月後，她才想到還沒通知仲玉，因此被

母親大訓一頓，交代以後關於懷孕生產等重要大事，都要記得告知，好讓對方放心。

隔兩年，又晴在暑假期間帶著八歲的洛伊回來，忙於工作的喬尼尚未隨行。抵達後不久，又晴私下對仲玉說句悄悄話：「媽，去年底又發生一次，還是沒保住胎兒。」

「怎麼會？是不是工作太操勞？有檢查身體嗎？」

「沒有。不曉得為何又發生，身旁朋友與同事都跟我一樣，忙工作、忙家務，還能兼帶小孩的情況下，持續懷胎生產。」

熬不過仲玉的堅持，又晴最後勉強去看中醫，發現身體屬性相當虛寒，加上飲食營養不夠均衡，出現貧血的情況，導致流產的機率很大。

「小晴，如果妳想生小孩，保持健康是主要關鍵，不能掉以輕心。」

「嗯。」

四年前，又晴單獨一人回來，對仲玉坦白發生許多事，身心根本負荷不了，造成不少影響，到頭來，只是徒勞無功。

「小晴，好好愛護自己的身體。」

「即使耗費多年想辦法懷孕，費盡心力的結果仍是一場空。媽，我覺得很沮喪。」

「我明白妳的難過，可是，妳身旁有個最可愛的女兒。」

面對沉默不語的又晴，仲玉不時給予安慰，直到她返回英國。四年來，仲玉並不知道，又晴終究只把傷痛壓在內心深處，不曾釋放受困的自己，也間接對洛伊造成影響。

「想不到媽竟然流過產，還發生兩次。原來在我許下心願之前，她已開始計畫要再生個小孩，我好感動。」

協助仲玉回到病床上，洛伊聽她說完一連串的過往，內心釋懷許多。

「這樣說來，四年前媽回來時，也沒有跟外婆提到她臨時變更計畫，不讓我一起回來的決定。」

「嗯，她只說，大家都很忙無法回來，我只記得她的神情怪怪的，妳應該瞭解她的個性，很多事都習慣放在心裡。」

「外婆沒有問原因？」

「看著她身心疲憊的模樣，我只覺得心疼，沒有多問。我跟妳媽之間，也不是所有事都會完全告訴對方。世界上，有哪對母女是不會賭氣，也不會發生爭執？所以我想，要是有一天，她願意告訴我時，我再聽就好。」

「這倒是真的，在外婆眼裡，媽是外婆在乎的女兒，而在我眼裡，媽是嚴格的媽媽。」

「小伊，不如換個角度，在妳媽眼裡，妳也是她在乎的女兒，而在她眼裡，我也是嚴格的媽媽，也曾讓她失望過。」

仲玉的眼眶泛淚，拉著洛伊的手。

「外婆，妳放心，這次有我在，一切都沒事的。」

「我知道妳懂事了，所以，如果有機會，不妨把妳許下的心願告訴妳媽，聽她怎麼說，說不定這次，妳會有不一樣的體會。」

「嗯，我懂，謝謝外婆告訴我這些事。」

「我好累，該休息一下了。」

「外婆先睡一下,林阿姨也差不多該來了。我等她到了,陪妳吃完飯再回去。」

洛伊走到窗邊,仰望著灰沉多雲的天空,她一直都記得四年前,十四歲那年,連續襲捲她的幾場風暴。

她從手提袋裡取出手機,走到病房外撥起電話。

「爸,早安。」

「洛伊?我收到妳媽傳來的訊息,說妳外婆手術很順利。」聽見喬尼略帶沙啞的聲音,肯定他前一晚又熬夜工作。

「是啊,今天外婆可以排氣啦,昨天醫生已把鼻胃管跟導尿管拆掉了,我每天都會來陪外婆聊天,她很開心。」

「嗯,我知道妳很能幹。這兩天我都在家工作,才剛起床不久。」

「我猜也是,爸,你可是中年男人了,別因工作常熬夜,對身體不好。」

「哈哈,沒事,我很強壯的,正打算去泡杯咖啡喝。妳呢?去台灣,沒常跟妳媽吵嘴或冷戰吧?」

「當然,我長大了,不會再跟以前一樣。」

「聽妳這樣說,真好,記得照顧自己,也替我照顧妳媽,妳知道她的心臟不太好,常會心悸,別讓她太煩心。」

「爸,我知道,放心,媽交給我吧!下次聊。」

結束通話,看護林太太走進病房,簡單交代後,她在一旁陪著仲玉用完餐才離開。走出醫院,打算先去買杯茶,沉澱心情,晚點再回家。

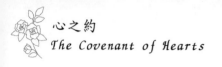

4.

當時的又晴，歷經兩次流產，身體已不如過往，儘管瞭解她最需要的是調養與休息，然而，在異鄉生活，又有家庭負擔，並不是全都能依她的期望，順利進行。

不管是生活的步調，工作的挑戰，包括家人間的相處，各個環節都讓又晴越來越覺得戰戰兢兢。

婚後任職音樂老師多年，一開始兼職，到後來校方滿意她的表現，成為專職教師。工作崗位上，不僅要配合校方要求，還要面對各式各樣的學生，求好心切的她習慣要求自我，只為不辜負這份期許。

過去就算遇到不喜歡音樂，沒有共鳴且對旋律無感的學生，總能以她對音樂的熱忱激勵對方，後來，越來越失去那份心境，知道他們只為了應付而來上課，也讓她提不起勁，意志消沉不少。

年資越久，年紀越長，她越明白身上吃重的責任，為了要生活、要養家，除了滿腹的無可奈何，累積更多的是對自己的強烈不滿。

從小到大，又晴與鋼琴的深厚情誼，年復一年，轉變成工作生存的必需條件；最初那份透過琴鍵連結內心的喜悅，一點一滴，慢慢地消失殆盡。

她一度以為，學了幾年琴的洛伊，可以代替她將這份喜悅傳承下去，無形中，對洛伊的要求逐漸加高，無法想像洛伊竟擅自決定停止學琴，宣稱已獲得喬尼的認同。

「什麼，妳爸說，要是妳學不好鋼琴也沒關係？」

「嗯，是爸說的。不信的話，妳去問他。」

隔日午休，她抽空撥電話給喬尼，希望把狀況弄清楚，再看該怎麼做。

「一開始，不也是你要我教洛伊彈琴，五年了，現在你同意她放棄一切努力？」

「我還在忙工作的事，晚上等我回家再說。」

又晴沒回應，掛上電話，浮上更多的不耐：「這樣不是等於沒說！算了，我自己來處理。」

從喬尼升為小組長，常要承擔更多責任，夫妻倆各自忙碌的生活讓彼此沒時間好好互動，要不是喬尼回家時，她已累到先睡，不然就是他回來一臉倦容，說不上兩句話，疲憊雙眼已無法睜開。

至於又晴，依舊堅持生第二胎的計畫，一方面要配合她的生理情況，另一方面要配合喬尼的工作情況，挑選雙方放鬆身體，心情愉悅時快速處理。

此外，她也仍舊持續遊說，要洛伊繼續學琴。倒是洛伊早已打定主意，不管她如何軟硬兼施，完全不受影響，兩人之間的口角與冷戰常三不五時引爆。

兩周後的周末，喬尼午覺起來，聽見洛伊出門前的母女對話。

「媽，我早說過不想彈琴了。爸也早說過，我彈不好也沒關係。」

「我教妳五年，現在放棄還太早。小時候，妳總愛跟我

坐在鋼琴椅上，聽到琴鍵聲響，在一旁跟著搖擺。去台灣時，看見我的舊鋼琴，小時候彈琴的照片，也是妳跑去跟妳爸說，希望能彈一手好琴，難道都忘了？」

「我沒忘。重點不是我記不記得，而是我跟妳不同。妳五歲開始彈琴，全心全意放在鋼琴上。我八歲才開始彈琴，況且，我也不是只喜歡鋼琴，還喜歡其他的東西。說真的，我哪能變成跟妳一樣？我很開心學了五年琴，現在我想做其他的事。」

比起彈琴，洛伊更喜歡待在書桌前，拿起畫筆塗鴉，假想故事情節，沉浸在繪本創作中；再不然做點好吃的東西享用，甚至回約克時，她會作筆記，紀錄凱特的料理巧思，回到倫敦後再自行實驗成果。

半途而廢，從來不是又晴的風格，因此，洛伊學琴的半途而廢，讓她格外婉惜；喬尼卻不這樣想。

他一直沒出聲，等洛伊出門，才從臥室走到廚房，泡了阿薩姆茶遞給又晴，在她身旁坐下來。

「你看你女兒，搬出一堆道理，只為了不要繼續學琴。」

「隨她吧！想想我媽，彈琴那麼多年，結果選擇去當廚師。」

「這樣真的好嗎？至少學到她畢業吧？現在中斷，真的好可惜。」

「一點都不可惜。她如果沒興趣，再強迫也沒有意義。這是她的選擇，又不是我們的。的確是她先開口，我才要妳教她彈琴。妳已經盡心盡力教她了，不用因為她的不同選擇

而感到難受。」

只要洛伊知道這是她的決定，不管未來發生什麼，都不能回頭埋怨父母，喬尼認為這是重點所在。

「等她回來，由你跟她說清楚。」

「我會的。別擔心，笑一個吧！」

秉持客觀角度分析，喬尼及時到來的話語，讓這陣子存在妻女之間的不悅，有了舒緩的空間。

只是，不是每件事都能如此順利解決，尤其是以出其不意，毫無準備的方式乍現。

一個月後，倫敦進入仲夏，連下好幾天雨後，周日放晴，用完早午餐的喬尼，收拾餐盤後回到客廳。

「連續幾個月來的加班工作，我又胖了五公斤，待會想去公園慢跑，要不要一起去？之後，一起去喝咖啡，來個午後小約會？洛伊去同學家討論話劇，晚餐後才會回來。」

「你不提我都快忘了，以前剛搬來時，我們至少每周都會去慢跑一次，哪像現在，要是三個月內能去一次就要偷笑了。」

婚後，基於工作的通勤考量，加上兩人喜歡在泰晤士河畔散步，找到離河畔不遠的南華克區租屋，待了三年半左右。

直到懷孕五個月，兩人商量，決定重新規劃長期打算，搬離鬧區，遷至離格林威治公園不遠，倫敦東南的住宅區。租屋幾年下來，終於順利買到如意的兩層樓房，一家三口從此安頓下來。

「是啊，妳還記不記得，當初會此購屋落腳，最大的因素便是格林威治公園。站在公園裡，放眼望去，視野遼闊，心情舒坦又放鬆。這座公園截然不同的獨特感受，是最後下決定的關鍵。」

「當然記得。難不成，你剛說的咖啡館，是不是在假日市集出口的側巷上？我聽同事說過，她還在店裡拍了美麗的照片。」

名為「雨後彩虹」的咖啡館規模雖小，才開張三個月左右，從透明的大門一眼望去，裡面有張顯眼的橙色長沙發，相當療癒。咖啡也的確好喝，吸引不少人前往一試。她才想說哪天有空，也要去一趟品嚐看看。

喬尼點頭，笑說兩個人還是跟以前一樣，對咖啡館的喜好很有默契。

「是啊，今天先試，下次說不定可以再走遠一點，乾脆去學校附近，看看以前常去的那家咖啡館還在不在。」

「好建議。妳是要待在家裡休息，還是跟我去？」

「既然你都要請我喝咖啡，當然跟你去。」

最近遇到好幾個過動的學生，她每次上課都得花不少時間安撫，加上年紀越大，越少運動，這陣子常覺得腹部很脹，生理期還沒來，跑個步也有益身心。

兩人一身輕便運動服，穿上久違的運動鞋，快步朝公園走去，放眼望去，有些父母帶著小孩在野餐，有些人獨自坐在樹蔭下閱讀，有些人則鋪著墊子，躺在草坪上大方曬起日光浴。

　　跟在喬尼後面，又晴開始繞著公園裡的小徑慢跑，微風穿越樹梢，迎面吹來，好久沒有流汗的感覺令她相當暢快，不禁面露微笑。

　　她憶起過往，以前只喜歡待在室內彈琴唸書，全拜喬尼所賜，一有空就拉她一起到戶外走走，才漸漸能欣賞動態的生活方式。

　　兩人慢跑完，沒多久就輕易找到「雨後彩虹」咖啡館的招牌。由於周日的緣故，店裡幾乎坐滿顧客，幸虧有位細心的服務生，替兩人挪出空間，帶他們到窗邊角落的座位。

　　「怎麼了？味道不對？我記得妳最喜歡喝義式濃縮咖啡。」

　　「味道不錯，可能太久沒跑步，一下子運動完，肚子很不舒服，還在脹痛，而且，頭好暈。」

　　她以為只是單純因慢跑造成的不適，回家後，腹部持續劇烈疼痛，並伴隨流血的出現。隔天去醫院檢查，當天傍晚，醫生便安排動急診手術，答案才得以揭曉。

　　急診手術結束後一周，又晴撥電話給遠方的仲玉。

　　「子宮外孕？妳不知道自己懷孕了？」

　　「不知道。我記得工作壓力大時，生理期會延遲幾天，加上也沒有什麼明顯症狀，頂多常常覺得腹部很脹，偶而會有刺痛感。」

　　「結果呢？」

　　「已經六周了，輸卵管有破裂，急診手術時，醫生立刻切除一邊的輸卵管。」

第二部　裂口

「既然這樣，妳還是要生第二胎？只剩下一邊的輸卵管了。」

「當然，就算只剩一邊，我還是會繼續努力。誰知道喬尼完全不配合，不但拒絕，還大大斥責我一頓，說有洛伊就足夠了。」

喬尼斬釘截鐵地表示，不會再配合生小孩的計畫，也不准她再繼續折磨身心。

又晴把情況陳述完，沉默不語，仲玉仍能從話筒裡，隱約聽見她持續的啜泣聲。

「小晴，我知道妳很傷心。只是，不管妳現在怎麼想，我都希望妳記得，妳最珍貴的寶貝一直在妳身旁。」

掛上電話，又晴站在客廳的窗邊，凝視漆黑的天空，她想起喬尼的一席話，再次感受只能半途而廢的沮喪，前功盡棄的無奈。

回房看著床上已熟睡的喬尼，她獨自坐在梳妝台前的矮凳上，摸著肚子的同時，大把眼淚成串地從眼眶裡噴洩出來。

5.

再隔幾天，邁入三月的午後，仲玉身上縫合傷口的部分，差不多已癒合。

周日早上，醫生巡房檢查傷口，明天進行拆線，順利的話，下午就能辦理出院回家休養。下一步是考慮仲玉的年紀與恢復情況，等回診後，再開始搭配輔助性化療，以口服用

藥，降低腫瘤復發的可能。

　　中午過後，又宸夫妻倆到來，知道仲玉即將出院的好消息，相當開心。

　　「媽，太好了。」

　　「嗯，辛苦你們了。」

　　「真正辛苦的是姊，又宸跟我都要上班，工作很忙，老實說，沒幫上什麼忙。幸好還有洛伊，每天都來陪媽作伴。」

　　「姊，今天由我們陪媽，妳帶洛伊去市區喝茶吃東西，慰勞她專程陪伴媽的貼心。現在新竹新增了不少景點，天氣也好，來個半日遊很適合。」

　　「謝謝舅舅的建議，我來找找景點，看待會去哪裡。」

　　又晴並沒任何計畫，聽見大家一致的建議，再看著一旁的洛伊，從進行手術到準備出院，一起輪流照料仲玉，自動自發，從未發出任何怨言，更讓她認同又宸的建議。

　　「好，媽今天交給你們，我帶洛伊去輕鬆一下。」

　　母女倆走出醫院大門，洛伊突然開口：「媽，我餓了，不如我們先去麥當勞吃個漢堡。」

　　「吃漢堡？妳不是最討厭去麥當勞？」

　　自小受到凱特與喬尼的影響，洛伊同樣重視飲食的選擇，雖在大都會裡生活，她倒沒有一般青少年對麥當勞的偏好，向來排斥以速食為賣點的麥當勞。

　　「有天傍晚，舅媽去麥當勞幫舅舅買漢堡，想起同事的話，知道不同國家的麥當勞，漢堡的口味不太一樣，想說買個回來讓我嚐嚐。結果，看我覺得不錯，又買了幾次給我。」

「所以，妳開始喜歡吃漢堡啦？」

「還不算喜歡，不過，可以接受台灣麥當勞的漢堡，偶而吃幾回沒關係。」

除了接納漢堡之外，又晴也明白，洛伊跟前兩次來的情況類似，輕易就能成為黎家人的注目焦點，包括對她只聞其名，尚未見到彼此的澄卉。

之前澄卉送的床單被套組，與仲玉房間的大地色調十分搭配，讓又晴明白對方的用心挑選，趁兩天後的晚上，帶了茶葉禮盒，前往梁家拜訪。

「又晴，人來聊天就好啦，怎麼還帶禮物？這麼見外。」

「妳送給我媽的禮物，色彩圖樣跟她的房間很搭，整體感很協調，我知道她一定會喜歡，所以今天是來道謝的。昨天外出買菜，恰好看到金萱烏龍的茶葉，不僅想起往事，金萱是妳的最愛，烏龍是我的偏好，想帶來給妳。」

「我明白了。家中的茶葉上周喝完了，真好，可以品嘗看看。」

梁家四口住在離新竹後火車站不遠，小型社區裡的三樓公寓。三小房加上兩廳兩衛的簡單陳設，澄卉最喜歡的是樓下街角的小公園，旁邊有個小型盪鞦韆與小池塘，是和彥兄妹從小常玩耍之地。

「咦？只有妳一個人在家？妳先生不在？」

「他去找朋友吃飯打球，晚點才會回來。對了，妳記得我提過和彥吧，他最近放期中假，才從英國回來不久，今天

也去找老友相聚，有機會再介紹他們父子給妳認識。妳先坐，我去倒蘋果汁。」

環顧客廳四周，又晴走到電視機旁，發現五斗櫃上擺放的物品十分眼熟，向澄卉問道：「這是當初在台北念書時，放在妳書桌上的擺飾嗎？」

「是啊，妳的記性真好。時間久了，都褪色了。和彥昨天，還問我要不要去買個新的款式，我還是喜愛這個擺飾，畢竟陪我多年，給了很大的力量。」

又晴走近擺飾，看著上面的經文，跟著朗讀起來：「要常常喜樂，不住地禱告，凡事謝恩。」（**帖撒羅尼迦前書五：16-18a**）

「妳先生跟小孩也跟妳一樣，是基督徒嗎？」

「我先生跟和貞都不是基督徒。和彥是上大學後，遇到基督徒的同學，頻繁參加教會活動，後來才受洗的。」

「會因為妳有信仰，而妳先生沒有信仰，影響教養小孩的方式嗎？」

「其實還好。」

澄卉表示，婚前她先生就知道她是基督徒，認為信仰是每個人的選擇，不需要特意排斥，包括她固定周日要去參加教會活動，以及平日的小組聚會，都會先徵詢他的意見，商量後再安排調整。

「神不是只要教友參與教會活動，日常生活裡的一切，從婚姻、工作到教養小孩，包括禱告與讀經，全都是神看重的事。重要的是，我們有沒有遵行神的話語，過好每一天。」

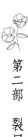

第二部　裂口

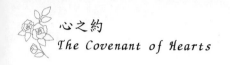
「聽妳這樣說，想起妳上次提過的坦承溝通。」

「那是我先生提的方式，但這句經文是關鍵，兩者一起搭配，更能發揮功效。」

「即使產生爭執或意見不合，也要保持愉快的心情，感覺好難，哎呀，我弄糊塗了。」

「喜樂是內心發出來的，不論遇到什麼好壞情況，因為知道神掌權作主，放下自以為是的念頭，單純信靠神，感受心境上的平安與接納。」

「表示跟家人互動不良時，關鍵是先放下自以為的堅持嗎？」

「嗯。跟家人有爭執時，我都會先退一步冷靜下來，先檢討自己，再試著用和悅的態度去溝通。我並不想因為一時氣頭上，用言語刺傷彼此。持續禱告也有用，當行不通時，我會交由神，請祂協助找到解決方法。」

「感覺很像我婆婆，得到乳癌後的大幅轉變。」

又晴提及凱特，敘述她從身心驟變，承受不住的種種煎熬，到內心醒悟後走回神，凡事依靠神來調整心境，勇敢面對化療的副作用，走過人生的低谷。尤其，在離世之前，把手上的聖經轉送給又晴。

「沒想到妳婆婆跟妳這麼要好，更沒想到妳因此接觸聖經，真替妳開心。對了，我還沒見過妳女兒，有她的照片嗎？」

又晴點頭，打開手機裡的相簿，除了仲玉與洛伊在醫院的合照，也分享了一家三口在倫敦的家居照。

「妳女兒好可愛！乍看之下，高挑的身材、捲棕髮與鼻

子，應該是遺傳妳先生。倒是秀氣的輪廓，還有神韻跟妳很像。」

「下次妳過來，就可以看到她的模樣。」

「嗯，好期待跟她相見。」

洛伊點好雞腿堡與果汁，又晴則是挑選薯條與美式咖啡，兩人走到二樓，挑選角落的位置坐下。

才吃了口漢堡，洛伊先抬起頭，看著對面的又晴，狀似若無其事，嘴裡開始吐露心聲。

「媽，還記得四年前的事嗎？本來妳要帶我一起回來，走出巷口去機場搭機時，妳竟然不讓我來，叫我回家。想不到現在，因外婆的摔倒，我們兩人都在這裡。」

「我記得。」

不用洛伊多提醒，當時母女兩人面對面，一剎那即將決裂的畫面，仍完好地存放在又晴的腦海裡。

她從子宮外孕，醫生切除一邊的輸卵管，休養之後已無大礙。雖恢復正常生活作息，卻一直困在自責情緒裡，包括無法再懷孕的懊惱與氣憤難平。只要一閒下來，總不自覺想起那些無緣的胎兒。

連續幾個月的心不在焉，不管是工作或家務，除了盡好義務，其餘的都讓她感到意興闌珊，提不起勁。

喬尼剛好相反。從她掛急診動手術切除一邊的輸卵管，到後來對她的訓斥，他一點都不介意要不要再生個小孩。只是，他也能體諒又晴的疑慮，怕對當時的洛伊造成不良影響，

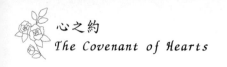

謹守夫妻倆的承諾，並未向洛伊告知一切。

　　可是，又晴一直放不開，繼續沉浸在失望與挫敗裡。

　　適逢那年洛伊十四歲，讓她想起自己曾經幸福又風雨交加的十四歲，便決定安排暑假，一家三口前往台灣度假，遠離煩躁難耐的平日生活。

　　原以為向來喜歡旅行，也能體諒她情緒起伏的喬尼，得知她的安排，會樂意一同前往，結果，迎來的是預料之外的震撼消息。

　　「昨天下午剛做完手術，醫生叮嚀，雖是小手術，還是要休息幾天。況且，手上仍有工作要忙，所以，仍由妳帶洛伊回去散心，反正我們三月也替她慶祝過生日。」

　　「做手術？為什麼事先不跟我說？我也有權利知道吧？」

　　她知道喬尼顧及她的身體，不願再持續生小孩的計畫，內心卻無法釋懷，喬尼竟私自跑去做結紮手術，等到手術結束才對她坦白。

　　「我知道，妳從來沒有放棄過生第二胎的事。儘管只剩下一邊的輸卵管，妳還是一心一意渴望懷孕。但這樣下去不行，我不希望妳繼續活在渺茫的期待裡，因此，我去做手術是最好的方式，一勞永逸。」

　　喬尼認為，孩子是愛的結合，當初婚後，洛伊的順利到來，不用特意期待，也沒有承受壓力，一切順其自然。如果到頭來，生孩子只是自尋煩惱，還不如由他來做結紮手術，迅速解決一切。

「自尋煩惱？試過這麼多年，你也知道我的心情，現在倒成了自尋煩惱？要是有一天，我們年紀大了或生病臥床，至少洛伊還有個手足，可以陪在她身旁。」

「我懂。只是，既然無法達成目標，不如乾脆換條路走！只有生一個孩子的家庭也很多，不是一定非要有手足就會比較開心，妳看我，不就是最佳範例，我跟我爸媽的關係都很好。」

「我才不希望女兒也跟你一樣，未來要全靠自己，一個人扛起照顧雙親的責任。」

「我們哪能知道她的未來會發生什麼事？那是她的人生，由她決定才是。我們雖是父母，能做的就是維持健康，不要老了變成她的負擔。」

見喬尼毫不猶豫地回答，又晴知道他心意已決，不想再多費唇舌，自行訂好機票，一周後帶洛伊回台灣。

出發當天，早上用完餐，她正在檢查行李，無意間聽到喬尼父女倆在廚房的對話。

「爸，你不跟我們一起去台灣？我記得上次你也沒去。」

「我很喜歡美麗的台灣，才去過一次，當然一直想再去，只是每次去的時間都不湊巧，我手上有工作，得考量現實情況。畢竟，我不像妳媽有固定寒暑假，能隨時安排時間，說走就走。」

「可是，一家人沒一起去，真的很可惜。」

「別在意，沒關係的。對了，妳媽最近身體情況不佳，常常無精打采，讓她去台灣走走是好的，況且妳外婆跟舅舅

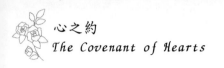

也好幾年沒見到她。妳多體諒妳媽，幫我照顧她。」

「那你呢？為什麼每次出遊旅行，都是爸替媽著想？既然媽身體不好，就在家調養，等好一些再去，或挑你方便同行的時間去啊！雖然我跟爸一樣喜歡台灣，很開心去見外婆，我不喜歡媽老是這樣，從不考慮你的情況，只想到她自己。」

「沒這回事，妳誤會了，她一直都很體諒我。」

不管喬尼如何打圓場，洛伊內心的不滿，清清楚楚從她嘴裡傳遞出來，甚至當又晴聽見後，立即點燃壓抑滿腔的熊熊怒火。

她當然記得，自己一語不發，拉著行李走出大門，洛伊跟在身後。等兩人一到巷口，她突然停下腳步，轉過身，一臉凝重看著洛伊。

「既然我讓妳不開心，妳就乾脆留在家裡。我不需要妳同行，沒有妳在，反而更好。機票就當算了，至於其他的事去找妳爸，他肯定會幫妳處理，我該走了。」

即使盯著她的洛伊驚訝不已，大把眼淚瞬間從眼眶裡不斷滑落，又晴依舊不為所動，鐵了心撇下她，一個人飛回台灣。

洛伊又吞下一口漢堡，陳述她從仲玉那裡得知的一切，包括又晴流過兩次產，後來發生的子宮外孕，不得不把一邊的輸卵管切除，以及喬尼對她的嚴詞斥責，拒絕再考慮懷孕生子的計畫。

「媽，外婆說，當時的妳是為了我好，希望我像妳一樣，

有個弟弟可以作伴。其實，也好巧，我一直想要有個手足，是我小時候許下的心願。」

「是嗎？我從沒聽妳提過這個心願。」

「這幾天，我一直在想，妳想再生個孩子，會不會是因為其他原因，會不會是因為我一直不夠好，達不到妳的要求？就像我不照妳的意思繼續彈鋼琴，讓妳很生氣。」

洛伊有點忐忑不安，吞吞吐吐說著。

「我想，其實是妳討厭我吧！」

「這是什麼話？妳是我辛苦生下來的女兒，跟妳爸一起費盡心力照顧，我怎麼會討厭妳。」

「可是我不明白，為何從四年前，妳要我留在倫敦的那一刻起，之後那一個月，不但沒接到妳的電話問候，妳連回英國後也開始跟我疏遠？對我越來越嚴格，更常常板起臉孔，不再跟我有說有笑。」

洛伊一連串的問號，伴隨著恢復平靜的語調，毫不費力滲入又晴耳裡，翻攪她以為早已盡全力撫平，仍舊波濤洶湧的內心。

「妳錯了。我不是討厭妳，而是討厭我自己。」

話一出口，她再也無法壓抑，成串淚水如潰堤的浪潮，大量湧出。

6.

這是第一次，在洛伊面前的又晴，不是以當了十八年母

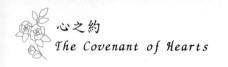

親的角度,而是同個屋簷下的家人來陳述,渴望對方能理解她內心積壓已久的吶喊。

「妳還記得原本要去機場那天,妳跟妳爸在廚房說的話?」

「我只記得妳說,妳不需要我同行,如果我不在,反而對妳更好。不過,我忘了我說的話。」

「妳說,我只想到我自己。」

又晴坦承,當下的她聽見後,的確怒不可遏,無法釋懷。

坐在飛機上,十幾個小時的航程裡,她看著旁邊無人坐的座位,不免質疑自己,是否做錯決定。

只是,一想起女兒當時說的話,她心裡一震,如針刺般的難受。

「妳沒說錯,我的確只想到自己。」

從十二年前,第一次流產開始,她發現自己從未好好問過喬尼,想不想再生個孩子的心情。

她知道那是自己單方面的想法,希望喬尼能完全體諒接納。喬尼總是包容她的一切,即使他口直心快,也從未讓她失望過,持續配合懷孕生子的計畫。

即使後來再發生意外的流產,喬尼依舊如昔,給予她所需的安慰與支持。直到子宮外孕的情況出現,他的態度才開始逆轉。

從又晴在咖啡館的不舒服模樣,到檢查出子宮外孕,造成輸卵管受損,包括醫生緊急進行切除手術,一點一滴,喬

尼都看在眼裡，疼在心裡，才會斥訓她一頓，反對到底。

　　又晴明白喬尼在意她的身體狀況，加上常因煩憂造成的心臟問題，她依舊堅持認定執行的想法。

　　四年前，她一個人回來，在台灣待了一個月，卸下不少壓力。洛伊的話常常在她腦中迴盪，直到她把事情告訴仲玉，才恍然大悟，原來問題都出在她自己身上。

　　「小晴，我知道妳一直不能接受流產的事，對子宮外孕，不得不切除輸卵管的事更是耿耿於懷，也氣喬尼，自行去做結紮手術。」

　　「是啊，就算只剩一邊的輸卵管，也還是有一半的機會。我真的很生氣，他這次竟什麼都不跟我商量，完全剝奪這個機會。」

　　「先別急著定罪。當夫妻這麼多年，妳難道還不瞭解喬尼的為人？妳可以想一想，他會決定動結紮手術是為了自己，還是為了妳？」

　　又晴的頭更低垂了些。

　　「妳記得動完手術，打電話來時，我在電話中說的話？」

　　「都過了好幾個月，我哪裡記得。」

　　「好，我再說一次。妳最珍貴的寶貝一直在妳身旁。」

　　「媽，妳弄錯了，我哪有什麼珍貴的寶貝？我不懂。」

　　「妳的寶貝就是妳的女兒，洛伊！」

　　仲玉認為，很多人不孕，千方百計想生個孩子都是情有可原的。

　　「妳跟罹患不孕症的人不同，又不是無法懷孕，也沒有

第二部　裂口

人強迫過妳非得再生第二胎。儘管努力很多年，不管是流產還是子宮外孕，結果根本無所謂。畢竟，妳早就有個孩子。」

　　一直將焦點放在自責上的又晴，早已忽略在她身旁，年年持續長大，跟她同樣心思敏感的洛伊。最嚴重的是，她任由心思飄離，不在乎眼前活生生的女兒，卻朝思暮想那些早就無影無蹤的胎兒。

　　仲玉的一字一句重擊又晴的心，腦中再次閃過洛伊的話，明白那不是對她的人身攻擊，而是要她看清楚擺在眼前的事實，也仔細看清楚她自己的心。

　　又晴一直認為，想再生個孩子的正當理由，全是要讓女兒有個伴，一如當初，她把計畫告知喬尼時的振振有詞。

　　仲玉的話一針見血，戳破她多年來的自以為是。

　　又晴憶起十四歲那年，毫無預警之下，失去最疼她的峻杭。

　　她也記得，那天晚上，從急診室回來，整夜待在客廳的仲玉，那副傷痛欲絕的模樣，躲在一旁觀望的她不知所措，無法給予安慰，猶豫著該如何跟母親訴說傷痛，又該如何一起療傷。

　　即使仲玉與又宸都在身旁，她清楚感受心裡缺了一塊，無法抑止也難以癒合的哀慟，選擇沉澱在內心深處，順著時間的流逝，一步一步與苦痛同時存在。

　　去台北上大學後，遇到室友澄卉，慢慢釋放調整心境，逐漸接受峻杭永遠離去的事實。

　　峻杭走後，她跟又宸雖是親姐弟，也從不曾向彼此敞開

心房，聊過喪父的傷痛，真要比起來，還不如在中學時，裕青與采儀給予她的細心陪伴。

「即使手足在旁，很多事我需要自己處理，情緒也需要自己梳理，而且，對很多事依舊覺得無能為力。」

又晴曾自問，如果連她的情況都是如此，要是換作是未來的洛伊，即使身邊有個弟弟，在各自遇到生活上的難題時，手足的存在是否真能幫得上忙，或者更感到無奈？

她反覆思考，始終找不到答案。

終於，她決定對自己坦白：「原來，我想再生個孩子的原因，尤其一直希望是男孩，不是真的替洛伊著想。是為了軟弱的自己，太害怕孤單，也太害怕失去一切，總是不肯老實承認。」

只是，自我坦白的結果，造成她對自己更為反感。甚至，不敢讓仲玉發現這股自我厭惡的情緒。

返回倫敦後，只要一見到洛伊，就想起兩人那天的事，加上內在深處引發的自責，揮之不去的罪惡感，她更認定自己是個不合格的母親。

反覆出現的矛盾，讓她越來越失去信心，宛如時光倒轉，回到十四歲那年，不知如何將複雜的內在情緒一一梳理清楚，更不知如何告訴洛伊所有的內在糾結。

不敢面對的她，選擇壓抑內心的衝突與不安，選擇適時避開洛伊，保持距離，不想再次發生正面衝突。

「即使我只想到自己，可是，我知道我很愛妳。」

又晴想起澄卉分享的妙方，透過坦承溝通，化解家人之間的隔閡。

「洛伊，這幾年讓妳很不開心，都是我的錯，我太軟弱，又太自以為是的固執，請原諒媽媽。」

她更記得，那天晚上離開梁家前，澄卉送給她的小畫框，當作神給她的祝福，還有上面的經文：「凡事包容，凡事相信，凡事盼望，凡事忍耐。」（**哥林多前書十三：7**）她收下同時，表情尷尬地向澄卉表示，她會好好學習愛的功課。

「媽，我也有錯，我不知道妳發生過這麼多傷心事，也無法體諒妳當時心情。幸好，這次回來看外婆，才有機會瞭解一切。」

「這倒是真的，一開始我嫌妳自作主張。還好妳回來，不僅讓外婆開心，更幫了很多忙，連舅舅跟舅媽都誇妳，謝謝妳做這個決定。」

「不客氣喔！妳呢？現在的妳，覺得我在身旁，很開心嗎？」

「嗯，我很開心，因為妳在我身旁。」

洛伊露齒微笑，一口氣把果汁喝光，再抬頭望著又晴。

「媽，有件事，我一直沒有跟妳提起。正好提到四年前的那天，我想起另一件事，擺在心裡很久，覺得該要告訴妳。」

「學校的事？依妳向來坦率的個性，難以想像妳會把事情一直擱著。」

「我不是特意要隱瞞的，是事情發生時妳人不在身邊，而且，光用電話說也無法解釋清楚。今天有機會聊起往事，

讓我明白妳的心情，我相信妳也一定可以明白我的感受，因為我們是母女，也因為我很愛妳。」

又晴笑著，看著洛伊點頭。

「那件事，發生在四年前的同一天，在妳正飛往台灣的途中。」

「這麼巧？」

「是啊，很巧。待會去喝咖啡時，我再慢慢跟妳說。倒是有個地方，妳先陪我去走走。」

十年前回來，又晴原本曾計畫半日遊，帶洛伊去新竹動物園小逛一番，就像在倫敦，喬尼與她常會一起或輪流帶著洛依，在假日時瀏覽當地的動物園與植物園，四處走走。

當天早上，又晴中暑又腹瀉，在家連躺兩天，考慮其他的行程安排，去動物園的計畫只好作罷。

十年後，動物園更新，母女倆也解開心結，洛伊想跟她一同前往，履行當初未能完成的計畫。

小時候，只要每次在倫敦逛完動物園，洛伊總愛拉著又晴，問她對動物的喜好，想知道是否會因為年歲增長，有機會從她口中聽見不一樣的答案。

「媽，妳最喜歡什麼動物？」

「小狗。」

「小狗很普遍，我問的是剛在動物園裡看到的動物，妳喜歡哪一種？」

「動物園裡的動物，對我來說都差不多，向來沒有特別的偏好，各有特色。我只喜歡逛動物園，很愜意的感覺。」

第二部 裂口

多年下來，又晴的答案一直沒變。逐年成長的洛依，對動物的喜好倒是持續不斷的變更。

不算太大的新竹動物園裡，分成幾個觀賞區塊，母女倆觀賞不少動物，包括紅鶴、鴕鳥、浣熊與獼猴等等，洛伊還特意用雙手，模擬河馬的大嘴巴，側身貼近又晴，做出一開一閉的動作，相當有趣。

「媽，剛剛那隻河馬，原本全身沉在水裡，一下子露出來，向左右方瞧瞧，再沉回水底，模樣真是可愛，我好喜歡。」

「我記得妳小時候，最喜歡的動物應該是長頸鹿。」

「嗯。後來由馬取代長頸鹿，再由獅子取代馬。現在，我喜歡河馬。有一首中文歌描述不同動物，以前妳常會一邊彈琴，一邊唱給我聽。歌詞中，有提到飛翔的老鷹，吞水草的河馬。我想聽妳再唱一次，可以嗎？」

「沒問題，歌名是《快樂天堂》。」

又晴隨口哼唱起來，看著洛伊隨著歌聲搖擺身體，一臉陶醉的模樣，她心想，當初的自己，宛如歌詞裡的老鷹，帶著夢想飛到更高更遠的英國；如今，要是更能像河馬一張口就吞掉水草，用大肚量裝進一切煩惱，說不定日子會過得自在許多。

聽完整首歌曲，洛伊伸出右手大拇指，對又晴比起「讚」的手勢，兩人肩並肩走出動物園，進入對街巷內的咖啡館。她準備豎起耳朵，仔細聆聽洛伊訴說，那件她一直不曉得的事。

7.

　那天，洛伊受到又晴的斥責，堅決不讓她一起前往機場，望著對方漸行漸遠的背影，不聽使喚的淚水無法抑制，大量從她的雙頰噴湧出來，幾乎浸濕整件上衣。

　一個人站在巷口，迎面的風吹亂她兩天前特意修剪的長髮，轉身拉了行李走回家，一副狼狽不堪的模樣站在門口，應聲開門的喬尼當場愣住。

　「怎麼回來了？還哭成這樣？妳媽呢？」

　「媽不准我去，她要一個人回去。爸，我見不到外婆了，連約好要去漁港的計畫也落空了！」

　一進門，洛伊整個人癱在沙發上，向喬尼訴苦，陳述又晴突然對她的激烈反應，一提到錯失跟仲玉相約的事，嘴角更是不停顫動，嚎啕大哭起來。

　第一次看見女兒如此傷心失望的模樣，連喬尼也驚訝不已。他明白妻女的個性不同，尤其最近常發生衝突，雖不時介於其中協調，只是當怒火突然引爆開來，結果一發不可收拾。

　他沒有回話，任由洛依自行消化情緒，去廚房泡杯她喜歡的芒果凍飲，簡單交代幾句。

　「我去上班了，妳在家好好休息，晚上等我回來再討論，要不要安排其他活動。」

　輕輕撫著她的頭，喬尼走出大門，開車前往公司。

　洛伊哭完渾身無力，躺在沙發上，仰頭環顧空蕩無人的

第二部　裂口

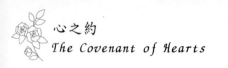
家裡，再也忍受不了，起身拿著背包往外走去。

往格林威治公園的途中，她想起自己把水壺放在桌上，沒帶出來，天氣十分炎熱，路上經過一家雜貨店，先進去買瓶氣泡水，鑽入附近無人的窄巷，坐在長椅上休息喝水。

沒過幾分鐘，有對男女出現，站在她的面前，是她的中學同學曼蒂與男友，就讀他校的布萊恩。

曼蒂的父親擔任銀行經理，自小家境優渥，她跟弟弟提姆一直是父母老師眼中，表現優異的好學生。

兩年前，雙親決定離異，父親帶著提姆搬離倫敦，遷往曼徹斯特，母親則交新男友，跟曼蒂的互動轉淡許多。

一個美滿家庭分裂，面對驟變的新關係，曼蒂開始追隨雙親腳步，捨下優等生的作風，我行我素。參加校際運動競賽時，認識就讀鄰校，大她一歲的布萊恩，從此兩人形影不離。

倒是她的成績，沒因此受到太多影響，她仍計畫未來去美國生活，遠離破碎不堪的家庭。即便上課不如過往專注，也不太惹無謂的麻煩，老師們雖對她的轉變感到訝異，倒也無話可說。

在課堂上，曼蒂不再跟同學們進行頻繁互動，班上的互動朋友寥寥幾人。其中一個，則是在校表現跟她不相上下的洛伊，向來被她視為強勁的競爭對手。

「喂，洛伊‧湯普森，妳怎麼一個人坐在這裡？」

「出來買點東西。」

洛伊立刻起身，準備轉身離開，不料曼蒂張開雙臂，整

個人硬是擋在她的前面，並叫布萊恩守在她背後，兩人把她團團圍住。

「怎麼啦？才見到我們就想走？什麼事這麼緊急？哇，雙眼都哭腫了，看妳這副狼狽的模樣，肯定發生什麼大事了。」

「沒什麼，不關妳的事，我要走了。」

「既然哭成像小可憐一樣，不如讓布萊恩安慰一下，待會再走也不遲。」

「我不需要任何安慰，他可是妳男友。」

「我知道啊，因為妳沒有男友，我們倆一點都不介意，讓妳現場體會一下男歡女愛，妳有什麼好擔心的？」

曼蒂大擺起高姿態，對布萊恩使了眼色。洛伊還沒來得及反應，高她半個頭的曼蒂已施力在她肩上，把她推向巷內的牆上，用雙肘抵住她的背，再交由布萊恩接手。

曼蒂退到一旁，準備觀看眼前這兩人的好戲上場。

結實身材的布萊恩靠向洛伊，用身體的力量壓著她的背部，一手抵住她的手臂以防止她掙脫，一手游移到她的腰際，慢慢摸索著她渾圓的臀部，把她轉過身來面對自己。

見洛伊一臉面無表情，毫無抵抗之意，布萊恩禁不住自鳴得意，大笑起來，力道自然放鬆不少。

當他的雙腿步步逼近洛伊，站好姿勢，往前壓住她的身軀，正打算開始磨蹭之際，冷不防一道強烈痛感出現，他突然大叫，四字經頓時衝出口。

雙手叉腰的曼蒂，一見布萊恩站不住腳，蹲下身痛苦不已，立刻向他撲去，原來是洛伊見他開始鬆懈，迅速把右腳

第二部　裂口

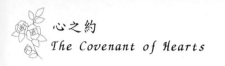

提起，猛力朝他下部踢去，命中目標，準確無誤。

洛伊見狀二話不說，毫不遲疑，使盡全力往巷口狂奔而去。

這一招，是十年前在台灣，仲玉囑咐又宸私下對她的指導，當遇到壞蛋時，得以自保的利器。

「外婆，昨天在市場等妳買菜時，有個奇怪的老男人，用他的手肘用力碰撞我的身體。」

「是嗎？再遇到這種事，絕對不可隱藏，馬上跟我說。對了，他碰了哪裡？」

洛伊用手指了指還算平坦，尚未發育完全的胸部，仲玉則是一臉凝重氣憤的神色，要她去客廳，把在看電視的又宸找來。

「我會跟舅舅討論，由他一步步教妳，妳可要好好牢記在心，一定要學起來，之後回去倫敦，也要常常練習，千萬別讓我再擔心。」

「好的，外婆。」

沒想到，多年後面對布萊恩的襲擊，第一次把又宸教她的防身動作全派上用場，而且，竟無懼怕之意。

此刻，她也憶起，經過又宸連續幾天的訓練，學成後向仲玉展示時，對方臉上滿意的笑容。一瞬間，她突然記起早上才發生的事，雖是沮喪，無法搭飛機去台灣見仲玉，卻因想起她的笑臉，心中滿是暖意。

「妳這婊子，對布萊恩幹了什麼好事？」

她站在巷口，聽見背後傳來尖銳的聲音，同樣不甘示弱，

決定予以反擊，義正嚴詞地回應：「是他自找的，要是再有下次，我就讓所有人知道你們今天做的事，交由大家來評斷！」

洛伊一口氣說完，沒有任何回應，她才發現曼蒂早已扶起布萊恩，往巷道的另一端走去，兩人逐漸消失在她的視線內。

一眼望去，杳無人跡的巷道，洛伊終於鬆懈下來，靠在巷口牆角站著，滿身大汗淋漓。

她摸著剛被曼蒂猛力拉著，一頭凌亂的頭髮，再看著上衣長褲上面，被布萊恩扯過的痕跡，想起短短幾個小時內發生在她身上，種種突發的激烈場景。

「今天這一切算是驚濤駭浪，還是多采多姿？爸媽要是知道，不知會出現什麼表情。幸好，有外婆的囑咐跟舅舅的培訓，加上多年練習，今天才能施展手腳。下次見到外婆時，一定要跟她好好道謝。」

她抬起頭，看著從頭上飄過的一抹白雲，不自覺開懷笑著。

「發生過這樣的事？太嚇人了！妳爸知情嗎？」

聽著洛伊陳述所有細節，又晴一臉驚慌失措。

「我當天就跟爸說了，他說我做得不錯。但他擔心舅舅教的不夠專業，加上妳一個月後才會回倫敦，他便替我安排兩周密集訓練，請同事路克叔叔來教導更有效的防身術。」

「妳一直沒提，該不會是妳爸要妳對我隱瞞吧？因為我沒帶妳回台灣？」

又晴想起當時，喬尼私下進行結紮手術，被蒙在鼓裡的自己，心中不免疑慮起來。

「媽，妳別誤會爸，是我做的決定，我也請爸替我守密。」

神情篤定的洛伊，繼續說明。

「那天早上，因為妳的決定讓我很沮喪，可是，也是後來突發的那件事，讓我得獨自處理，不然就被侵害了。加上事後爸的稱讚，讓我明白原來我也能捍衛自己，無所畏懼。從那時開始，我一直希望有一天，妳會看見這樣的我。」

洛伊的一席話，引發又晴喚起腦海中的過往，曾體會過類似的心情。

「我想知道，為什麼十年前來台灣，妳跟外婆出去，被陌生男人碰觸的事，連舅舅私下教妳防身動作的事，全都瞞著我，我一點都不知情？」

「本來想要跟妳說，可是我記得，當時妳身體常不舒服，需要好好放鬆休息，我也不想讓妳為了我的事，影響身體，就打消念頭。」

「經由舅舅的仔細教導，我很開心學會好幾招防身技巧，覺得心中的疙瘩已消除，想想也真沒必要，把不舒服的細節全部告訴妳，只會讓妳感到不安，徒增妳的煩惱。」

又晴看著洛伊，在她善感體貼的個性裡，的確感受一股無懼的力量，說話的神韻像極了從小到大，總是站在面前替她遮風避雨，引領她前進的仲玉。

「原來，妳真的就像外婆說的，是我最珍貴的寶貝。到現在，我才真的睜開眼，清楚看見。」

　　四年前，母女分隔兩地的一個月，在台灣的又晴逐漸釐清自己的想法，沒料到在英國的洛伊也同樣開始，感受到不一樣的自我認知。

　　為人母的又晴面對自己的軟弱，過於自責而選擇疏離，隱藏有關流產的一切；為人女的洛伊則因察覺自己的勇氣，在意又晴特意的疏離，沒有說出她遭遇的事件。

　　四年後，此時此刻的兩人，更能深刻體會彼此之間，原本就緊緊相連的心。

　　「妳放心，妳來台灣的這段日子，已讓我看見妳身上的勇氣，還有妳對我的在乎。」

　　「真的？」

　　「真的，我很開心，有妳這個女兒。」

　　「我也是，又可以跟媽有說有笑啦。」

　　接著，又晴從手提袋裡取出個小紙袋，交給洛伊。

　　「生日快樂！」

　　「謝謝媽，還以為妳早忘了。」

　　「怎麼可能！妳是我辛苦生下來的孩子。是妳從十五歲開始，總說長大了，生日都邀同學去外面慶祝吧！好啦，先打開來瞧瞧，看妳喜不喜歡我挑的禮物。」

　　紙袋裡，有個迷你廚具吊飾的鑰匙圈。

　　「哇，好可愛，我很喜歡。」

　　「聽妳爸說，妳常常會照奶奶的食譜料理，我希望，這個鑰匙圈能讓妳記得她的笑容與毅力，也能替妳帶來好運。」

　　洛伊起身走近又晴，一把抱住對方，笑說：「謝謝媽，我

第二部　裂口

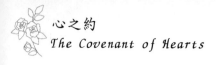

愛妳。」

「我也愛妳。時間差不多了，我們回醫院吧。」

「是啊，外婆在等我們回去。真好，明天她就可以出院啦。」又晴點頭，任由綻開笑顏的洛伊拉著她的手臂，一起步出咖啡館。

8.

今天天氣晴，是仲玉出院的日子。

一早，難得全家人一起吃早餐，又宸夫妻出門上班，又晴準備前往醫院，等醫生確認後，下午接仲玉回家。

十分鐘後下樓，她見洛伊也已穿戴整齊，坐在客廳沙發上，等著跟她一起出門。

「妳是要跟我去醫院，一同接外婆回來？」

「不是。我要出去買東西。」

「早上去買東西？非要現在去買？」

「嗯，現在要去。記得跟外婆說，我有驚喜要送給她，慶祝她出院。」

洛伊一臉神祕的微笑，讓又晴想起昨天下午回到醫院後，她坐在床沿，拉著仲玉說起悄悄話的模樣。

即使年紀相差半百以上，祖孫倆熱絡熟悉的互動，絲毫沒有代溝的忘年之交，讓一旁的又宸夫婦直誇洛伊，說她專程飄洋過海前來，是帶給黎家獨一無二的開心果，最對仲玉的口味，總能立即讓她精神振奮起來。

「好吧，反正妳有鑰匙，自己注意安全。有事再打電話給我。」

「沒問題，我走這邊！」洛伊對又晴揮揮手，各自往不同的方向前進。

獨自飛來台灣，差不多快一個月的洛伊，跟黎家人說話時的舉動卻不盡相同。

跟仲玉相處時，不論在家裡或在醫院，她老愛拉著對方的手有說有笑；跟又宸與芸之像是大朋友般，喜歡吃零食喝茶，聊到天南地北，甚至中英文混用也行，任何話題都好，完全不用忌諱。

唯獨面對又晴，洛伊有時會保持距離，回話時常做出習慣動作，把交叉的雙手擺在背後。

昨天下午，各自把多年埋藏的心事說開後，她的動作也不一樣了。平時，就算兩人一同上樓，又晴會先抵達二樓房間，她頂多站在樓梯間道晚安。

昨晚一起上樓，她跟在又晴後面進房，說想找幾本好看的小說閱讀。剛才，兩人走出大門時，一眼瞥見又晴臉上沾著掉落的睫毛，不由分說，立即用手將其移除。

又晴看在眼裡，甜在心裡。嘴角揚起，什麼話都沒說，望著眼前的洛伊，彷彿重見讀小學時的她，喜歡對著又晴嬉鬧搔癢，天真開朗，天塌下來都不怕的模樣。

到了醫院，經過醫生的檢查確認情況穩定，又晴下午辦理好出院手續，搭計程車一起回家。

　　攙扶仲玉走進客廳，坐下休息，廚房傳來聲響。她前往一探究竟，不僅流理台上擺放諸多食材，一旁還有穿上圍裙，開始煮飯洗菜切菜，準備大顯身手的洛伊。

　　「哪來的蔬果調理機？這些食材是怎麼回事？」

　　「考慮外婆手術後的身體狀況，我覺得蔬果調理機最好用。這是在網路訂購的，用我存的錢買的，早上買完菜後去取的貨。」

　　「所以，料理就是給外婆的驚喜？」

　　「是啊，我一直都很認真在研究奶奶留下的食譜，以西方的食物為主。不過，我比較喜歡台灣的食物，添加些食材來調整味道。」

　　「看來，我準備的生日禮物送對了。」

　　洛伊笑著，把又晴推離廚房，要她去客廳休息陪外婆。

　　回到客廳，她轉述在廚房所見，仲玉僅露出一副早知道的怡然神情。

　　「小晴，真是如我所說，這孩子的確長大了。」

　　「好意外，她竟會認真學做菜。」

　　「妳不是沒料到，只是沒仔細察覺出來。」

　　早在她動手術之前，才來不久的洛伊，曾跟她討論好幾次，問她喜歡吃些什麼，包括異國料理或台灣小吃，也不只一次詢問過芸之，打聽從黎家前往附近市場與大小超市的路線。

　　「的確，她向來細心體貼，是我疏忽了。」

　　接著耳邊傳來洛伊的呼喊：「外婆、媽，我完成了。」

　　又晴牽著仲玉起身，走向餐桌坐下。吃了幾口，仲玉露出滿意的微笑：「味道不錯，米飯有嚼勁，南瓜的味道香濃，口感不膩，我很喜歡。」

　　「這是南瓜燉飯，靈感是取自義式燉飯。」做燉飯是洛伊昨晚開冰箱時，看到冷藏的剩飯，隨後產生的靈感。

　　她計畫一早出門，先去市場買菜回來，把去皮去籽的南瓜切丁，放入滾水煮軟後壓成泥狀。再把切丁狀的洋蔥、泡軟的香菇切絲與大蒜切片一起下鍋快炒，隨後加入冷凍白飯，倒入香菇水與川燙南瓜的湯汁，一同拌炒均勻。

　　最後加上南瓜泥、灑適量的鹽跟胡椒一起燉煮，等湯汁收乾，白飯完全吸收食材的顏色與味道後，便大功告成。

　　「小伊，妳第一次做料理嗎？」

　　「在新竹是第一次。來之前，我做了幾次給爸試吃，用的是當地的白米，搭配不同品種的南瓜，爸很喜歡。」

　　對著一臉感興趣的仲玉，又晴補充說明，燉飯是義大利的料理，特色是把生米煮成熟飯，完全吸收食材的味道，吃起來帶有嚼勁。

　　「雖然沒有使用耗時的生米，改用冷凍過一晚的白飯，吃起來不會太軟，比用剛煮好的白飯來得佳，效果不錯。」

　　「完成後，先把媽跟我的部分取出，剩下的燉飯再多煮些時間，這樣外婆吃起來容易消化，避免讓動完手術的胃造成負擔。」

　　「妳真細心，連外婆的身體都考慮周到。」

　　「小伊，謝謝妳精心準備的驚喜，我很開心。」

第二部　裂口

　　洛伊點頭，繼續吃著自己的成品，仲玉與又晴倒是默契十足，一起看著她，同時轉頭，彼此相視而笑。

　　那天過後，考慮仲玉術後身體的營養補充，三餐仍由芸之與又晴輪流準備。同時，知曉洛伊的躍躍欲試，也答應讓她參與，一周至少可任她準備三道不同的菜，牛刀小試一番。

　　「今天，妳有什麼新點子？」

　　「媽，最近發現，受到外婆影響，我開始喜歡喝粥了。」

　　「喝粥？」

　　「昨天，舅媽不是弄了蔥花香菇粥，配醬瓜、筍絲與涼拌豆腐當早餐，外婆跟我一起吃得津津有味。」

　　除了麥當勞漢堡之外，芸之跟洛伊晚上也常一起吃點心聊天，成為她們之間，夜間享受的小確幸。

　　芸之雖身為長輩，跟洛伊互動更像朋友，知道她對台灣小吃覺得新鮮，一點都不排斥；加上看她回來陪仲玉後，家中常常笑聲不斷，決定一有機會，多帶些不同的宵夜美食回來，讓遠方到來的大女孩盡情享用。

　　除了蔥花香菇粥，洛伊還嚐過排骨粥、海鮮粥，以及她最愛的番茄洋蔥粥。

　　「妳應該記得，以前我煮過幾次小米地瓜粥當早餐，結果妳爸跟妳都不予置評，說還是英式早餐與吐司比較好吃，配咖啡配紅茶與果汁都合適。後來，我就不再煮粥了。」

　　「呵呵，當然記得。因為妳一邊怨我們都不吃，一邊自己猛喝粥，說糟蹋食物是不對的。沒算錯的話，好像分成三

到四次才吃完。」

「沒錯。做菜最討厭的就是沒人捧場。後來,妳爸就主動說,以後由他來負責早餐,除非他沒空,再交給我。」

「原來是這樣,難怪有時候口感不一樣,我竟沒留意。媽,爸這樣搶了妳做早餐的機會,妳不生氣?」

「不會啊!有什麼好生氣的。我不像他,受到妳奶奶的影響,對食物總有番見解。既然他喜歡做,又好吃,替我省下時間與精力,當然樂意交給他啦,豈不是一舉數得?」

「嗯,沒錯。」

「早上舅舅說,晚上跟舅媽要去朋友家聚餐。今天只有我們三個人,我來簡單炒幾道菜當晚餐,不煮白飯,由妳自製的粥上場,如何?」

「正合我意。」

「妳還有很多時間準備,若要去超市買菜,大門記得關好。」

「媽,放心。」

聽見又晴對喬尼的稱讚,洛伊不禁莞爾一笑,立即發封訊息,把又晴的讚美與母女最近的互動,透過一長串的文字,詳細告知遠方的喬尼。

隨後,她走到廚房,打開冰箱,一一檢視裡頭放置的蔬菜與食材,好決定晚上的粥品。從冰箱取出食材時,喬尼的訊息也應聲到來。

「看來,往事已過,妳們母女感情越來越好,不像以前爭執不休,這趟旅行的確很值得,我很替妳開心。」

第二部　裂口

　　洛伊看著訊息，把手機鏡頭先對著木耳與紅棗拍照，再拍下廚房的背景，包括她身穿圍裙，站在新買的蔬果調理機的模樣，再挑個開心的表情符號，一起回傳給喬尼。

　　洗淨雙手，她開始準備做法簡單，既健康又養生的木耳紅棗粥。

　　「春天差不多來了，多些滋補，外婆跟媽一定會喜歡！」抬起頭，望著窗外飛過幾隻鳥兒，洛伊不自覺哼起歌來。

9.

　　仲玉出院後，一切皆遵照醫生的指示，加上營養師的建議，維持營養均衡，以少量多餐的基本飲食為原則。為了降低腫瘤復發的風險，也開始進行副作用低的輔助性化療。

　　幾周來，治療過程順利，加上一家人的集思廣益，不管是飲食上的精心調製，生活起居上的巧思安排，齊心協助她，逐漸恢復過往的生活步調。

　　不過，當仲玉獨自一人坐在躺椅時，又晴好幾次瞥見她發呆，看似滿腹的心事，不免納悶，該不該開門見山詢問一番。

　　一通來電，及時減緩她的擔心。

　　「又晴，伯母出院了嗎？情況如何？周末下午如果方便，我過去探望她。」

　　「嗯，手術加上化療，的確好多了，到是她有時提不起勁，不知道有什麼心事，我不好開口直接問她，說不定見面

時，妳可以跟她聊聊。」

「肯定沒事的，等周末見面再說。」

從得知仲玉罹患胃癌，迎接突然飛來的洛伊，後續安排動手術住院，再到出院返家，三個月來忙進忙出，又晴面對身兼多重身分的龐大壓力下，總對澄卉滿懷感謝。畢竟對方暸解她夠深也夠久，常花時間聽她分享情緒，三不五時傳來隻字片語，適時給予支持與打氣。

又晴在台北念音樂系時，人生地不熟，一開始住在學校宿舍。升大二後，透過班上同學莊立予的介紹，搬出去跟澄卉當室友。澄卉大立予一歲，兩人皆來自高雄，不僅彼此住家相隔一條街，兩人也是中學時的學姊弟。

澄卉給又晴的第一印象，除了笑起來相當明顯的酒窩，還有自然流露的親切感。每當想起峻杭，她會去學校練琴之外，便是返回時的彼此互動，一解心中的傷感。

相反地，同樣失去父親，選擇念教育學系的澄卉，在又晴面前甚少哭喪著臉。成熟懂事的她，全副精神放在書本上，一心想順利畢業，早日減輕母親的負擔。

兩人截然不同的個性，因下學期仲玉的意外造訪，加上梅糖，將兩個大女生拉近距離。休息時吃點心與宵夜，不光是兩人的歡樂時光，更是暫時忘憂解愁的好方法。

沒多久，又晴決定答應立予一年來的追求。

「又晴，我聽立予說，妳答應跟他交往？」

「嗯，妳別笑我，我沒談過戀愛，立予是我的初戀。」

第二部 裂口

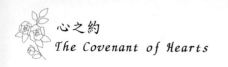

「傻瓜，這句話該由我說才是，我跟戀愛可是一點都扯不上邊！」

由於是同班同學，又晴以為兩人在一起，只要愛情就好，什麼事都可以不顧，後來才知道，那是不切實際的幻想。

莊立予有張圓臉，身高一百七十三公分搭配七十二公斤，屬於健康的身型。他不僅人緣不錯，大提琴拉得更沒話說，絲毫不會讓課業與情感相互影響。

外出約會時，又晴只要看他一派輕鬆吃冰淇淋，臉上相當輕鬆自在的模樣，就讓她內心更為煩躁，不自覺嫌起自己的笨拙與壓力。

「下周的考試，你準備了嗎？我好擔心練習不完，考不好就慘了。」

「沒事啦，我也還沒準備，不過，一定會過關的。要不我們去看場電影，輕鬆一下？」

「我不去了，我可不像你這麼有把握，想想，還是回家溫習好了。」

又晴跟立予不同，從小開始彈琴，肩上扛著峻杭的期許，曾經一度想放棄，既然決定來念音樂系，就不容許自己失敗。耳提面命的自我要求，到進大學後壓力逐漸加劇。

一開始她以為，這場戀情會在她的單調生活中，增添更多喜悅，結果卻不然。一周兩次課後的短暫約會，包括假日午後的相聚，到後來竟都成為她自責埋怨的理由。

才交往一個月，又晴主動提出分手，立予看著她，腦中浮現大一時，他對她的目不轉睛，以及她對他的害羞迴避。

　　又晴在他面前，第一次出現雀躍的模樣，是有次一起聊天，分享中學時的往事。他提到有個中學時認識的學姊也在同校念書，想託他找個可信賴的室友一起分擔租金。又晴眼中閃爍的光芒，像是終於遇見能搬離宿舍的最佳契機。

　　「有件事要先說明，妳介不介意她是基督徒？」

　　「這有什麼好介意的？」

　　「因為她很愛分享信仰，對她來說很重要，只是，並不是每個人都能樂意接受。」

　　「你呢？你也是基督徒嗎？」

　　「我不是，但我可以接受，畢竟認識她很多年，也了解她的為人。」

　　從認識開始到短暫交往，不知為何，又晴決意分手的篤定，彷彿立予早已預知這一天的到來。他喝完手上的咖啡，嘴角微微顫動，無話可說，坐在咖啡館的沙發上，目送她轉身離開。

　　分手後，消息傳得很快，又晴承受不少冷嘲熱諷，酸言酸語瀰漫在班上，大部分同學都一面倒地指責她，說她為了自己，不顧立予的感受。知情的澄卉卻沒有對她加以責備。

　　「我聽立予說了，關於你們分手的事。」

　　「所以，現在妳是要我搬出去？如果妳想再找其他室友。」

　　「這是什麼話？我們當室友也好幾個月，難道我對妳來說，是非不分嗎？這是兩回事，不能混為一談的，別昏頭啦！」

　　那是第一次，又晴驚見澄卉發怒的模樣，也是她第一次，

第二部　裂口

感受澄卉對她的真摯友情。

「妳別生氣，我是說，妳不怪我擅自提分手傷他的心？我知道你們多年的情誼，我並不想當壞人，如果我繼續住在這裡，會對妳造成困擾。妳會不會一見到我就想起這回事，開始討厭我？」

「妳等等，給我幾分鐘，馬上回來。」

又晴一頭霧水，還弄不清楚澄卉的意思，她已端來兩杯茶，一杯是金萱，一杯是烏龍，外加一包滷豆干。

「妳知道我喜歡金萱吧，我也知道妳喜歡烏龍，可是妳並不討厭金萱，我也不討厭烏龍。就算我們有各自的喜好與習性，仍舊可以關心彼此，也可以繼續當室友。立予跟妳的事，不會影響我對妳的看法。」

直截了當的言語，傳到又晴的耳際，輕易濕潤她的雙眼。

「滷豆干是我才買的，本來預計昨天考完期中考，找立予一起來慶祝，結果晚上接到他的電話。既然分手了，我們改慶祝考試順利！」

打開包裝袋，澄卉先放兩片豆干在又晴手上，繼續陳述。

「首先，我不會因你們分手就討厭妳，當然覺得分手很可惜，畢竟透過立予我才認識妳，不過，我尊重妳的理由。」

「其次，妳不用搬出去，我喜歡跟妳當室友。」

「最後，妳誤會我的意思，我不是要責備妳，而且想告訴妳另個消息，我猜妳應該不知道。」

「嗯，我也喜歡跟妳當室友，既然不用搬，那我放心了。不過，妳說的是什麼消息？看妳一臉的神祕。」

　　「我知道立予喜歡妳，寧願一直等待，也要贏得妳的芳心。不過，這小子可沒妳想得這麼脆弱。他說，既然試了這麼久沒效，便回歸正常模式。」

　　「正常模式？我不懂。」

　　「這是我的比喻。他身邊一直有個愛慕者，對他非常體貼，他心知肚明也從不拒絕，只把對方的付出當成理所當然，根本沒放在心上。上大學後，對妳一見鍾情，因為想追到妳。因此，當妳提出分手，讓他喚起對方的心情，決定接納了。」

　　又晴簡直難以置信，張大雙眼：「有這種事？真不可思議！妳怎麼知道的？」

　　「老實說，我也認識那個人，我們三個人都是從高雄上來的。」

　　那位傾慕立予的女生是他的中學同學，如今在郊區學校讀日文系。從中學二年級開始，她就屬意非立予不嫁，常常遊說澄卉幫她一把。

　　只是，他人感情這事，局外人的澄卉向來不刻意給予意見，如果一方不願表示，旁人再怎麼遊說也沒轍。多年下來，她始終保持中立，沒有答應。

　　「妳不知道，那個女生多開心，還說要我謝謝妳。」

　　「謝謝我？為什麼？」

　　「要不是妳讓立予追很久，後來由妳提出分手，他也許無法檢討反省，明白對方也是一直在等待他的心情，終於願意醒來，接納她一直付出的真心。」

　　這項遲來的消息，確實讓又晴釋懷不少。她明白，就算

仍要承受班上同學的批評，就算跟立予不再是情侶，她心裡更在乎的是眼前這位，始終包容接納她，真誠相待的澄卉。

周末午後，澄卉一身輕便打扮來訪，後面跟著一個年輕男生，一百七十五公分高，理著乾淨清爽的短髮，兩頰上有不少雀斑，鼻樑上掛著細邊黑框眼鏡，樣貌斯文，書卷氣十分濃厚。

「澄卉，妳來啦，咦，這位是？」

「我兒子梁和彥，看他閒在家，早上拉他去公園陪我做運動，午餐完就直接過來。」

聽著母親的侃侃而談，一旁的和彥倒像小男生般害羞，露出靦腆笑容。

又晴準備兩杯咖啡，先招呼一番，澄卉遞上羊羹禮盒。

「謝謝妳的禮物，肯定專程為我媽準備的。她有睡午覺的習慣，應該快醒了，待會帶你們去房間看她。」

「沒錯，羊羹是為伯母準備的，上次見面，就知道她喜歡日式點心。不過，記得切小塊再吃，不要一次吃太多。畢竟切除大部分的胃，要是吃太多，又吃太快，很容易脹氣，沒多久又會餓。少量多餐是一定要遵守的原則。」

「咦，妳怎麼這麼清楚？」

「兩年半前，我舅舅也得了胃癌，只是他沒伯母幸運，發現得晚，是末期。」

澄卉跟舅舅感情很好，對方是建築師。自從他在台中成家立業，只要一有空，她不是回高雄看媽媽，就是去台中找

舅舅。

「舅舅跟舅媽沒有孩子，向來待我如他們的孩子。知道舅舅的病情後，舅媽很慌，讓我找不少資料給她，也抽空陪她去詢問醫生。」

「有動手術嗎？後續情況如何？」

「有，那曾是舅媽的一絲希望。不過，腫瘤轉移的速度很快，一年後舅舅就離開了。」

又晴沒有發言，聽著澄卉的描述，再次感受她的堅強。

「雖然只有一年，好的是他們沒有留下遺憾，兩個人當時說好，一直相伴到最後一刻。舅舅走後，退休的舅媽改當義工，如今生活過得很充實，我仍會持續去看她。」

「能先做好心理準備，對患者本身與家屬都比較好。」

此刻，又晴腦中，仍是禁不住想起已離去多年的峻杭。

「喔，我光顧著說話，忘了介紹和彥，他在艾克斯特念碩士，位於英國西南部的城市，再幾個月就要畢業啦。前幾天我先生過生日，他趁放假回來一起慶祝，等四月下旬回去。」

「艾克斯特的風景很美，我曾跟喬尼去過一次，所以，失戀後去日本商店買了梅子醬，特意寄回來給妳的就是和彥？」

「是啊！他從小就很貼心，觀察入微，很瞭解我先生跟我喜歡的東西。」

「和彥，謝謝你的梅子醬，之前妳媽來，特意帶來一起品嚐，那天我們吃得很開心。」

「阿姨，別客氣。」

　　一直坐在澄卉身旁，沒開口的和彥，突然聽見自己成為話題主角，一時愣住，面帶羞澀。

　　「澄卉，妳還記得我前幾天說的事？」

　　「當然記得，妳放心，包在我身上。」

　　「我媽知道妳今天要來，我想她一直跟妳很聊得來，請多陪她一會，也可以觀察一下情況，看有沒有如我所說。我弟今天陪老婆回去台南，趁這段時間，我想去買些菜回來。」

　　「沒問題。妳去忙，伯母交給我就可以了。」

　　「對了，妳還記得，說很期待見我女兒？」

　　「當然囉！」

　　又晴瞥見從仲玉房間出來的洛伊，喚她過來打聲招呼。

　　「這是我女兒，她叫洛伊‧湯普森，去年暑假剛從高中畢業，還在考慮未來的方向，妳直接叫她名字就好。」

　　「楊阿姨好。」聽母親一介紹完，洛伊立即回答，毫無生澀不安的表情，並向和彥點頭微笑。

　　「洛伊，這是阿姨的兒子梁和彥，他跟妳一樣，才從英國回來。外婆醒了嗎？」

　　「醒了，她要我出來問妳，楊阿姨來了沒有。」

　　「那好，妳去廚房倒兩杯水，我們先進去。」

　　澄卉靠近又晴，低聲說道：「哇，本人比照片更可愛，活潑開朗，我很喜歡。雖然有口音，說起中文倒是相當流利。」

　　「記得妳送的畫框嗎？給我不少提醒。這孩子長大不少，我對她越來越滿意。」

　　澄卉點頭，隨又晴走到仲玉門前，敲門後跟和彥走進去。

10.

位於一樓的房間，經過又晴的整頓清理，家具重新擺位，挪出不少空間走動，視野明顯寬敞許多。從門口一眼望去，睡完午覺的仲玉，精神狀況不錯。

她坐在床上，背後與手肘下方各放置一個抱枕支撐身體。一見到澄卉與和彥，開心打聲招呼。

隨後，洛伊走進來，將開水分別遞給對方。準備離開時，仲玉把她叫住，從床頭櫃的抽屜裡，拿出三張百元鈔塞到她手裡。

「小伊，在巷子出口右側有間超商，你們年輕人去買點東西吃，或到社區大樓旁，有個小公園可以走走，樹蔭旁有長椅，晚一點再回來，我有些事想跟楊阿姨談。」

望著一臉遲疑的洛伊，澄卉趁機推了和彥。

「剛才我們來的路上，不是看到一個公園，你還跑去隔壁大樓角落的超商買口香糖？洛伊可能不太清楚地點，不如由你帶她去！」說完，她也塞了幾張紙鈔給和彥，並在他肩上拍了好幾下。

目送兩人離開房間，仲玉再度啟口，澄卉拉近椅子坐下來。

「澄卉，謝謝妳來看我。」

「伯母，又晴說胃癌切除手術很順利，化療也在持續進行，不知妳覺得如何？」

「還可以。服用化療藥後，有時會噁心，也會嘔吐，進

食得細嚼慢嚥，但我都還能承受。老實說，並沒有像其他癌症化療的病人，脫髮情況不算嚴重，幸好沒變成光頭，不然就太醜了。」

「真好，這樣就不用買假髮！肯定是伯母本身的體質幫了大忙。而且，維持身心均衡的生活也很重要。」

「或許是這樣，從小跟著家人在戶外跑來跑去，我的身體向來健朗，沒什麼大礙，婚後也是，一直到我先生離開，重擔全落到身上後，才開始出現胃的毛病。說來，也是我長年的輕忽才造成癌症。幸好動了手術，順利活著。」

「既然這樣，怎麼伯母看起來無精打采，心情不好嗎？要不要跟我分享？」

「妳猜得沒錯。有件事一直想找機會跟妳說，想詢問妳的意見，只是不知如何跟妳聯絡，而且，我不想麻煩又晴，一直放在心裡，等有機會見到妳時再說。」

從醫院返家後，仲玉看見新的床單被套，非常喜歡，從又晴口中得知原來是澄卉準備的禮物，也才知道和彥剛從英國回來。因此，心中的想法便自然浮現。

「原來是這樣，沒問題，我先把電話號碼留給妳，以後找我比較方便。只要我能幫得上忙，一定會協助伯母的。」

「老實說，是跟和彥有關。之前，妳帶梅子醬來時，曾提過他失戀的事。加上剛才看見他的模樣，跟我心裡的感覺差不多，更讓我確定，當時內心閃過的念頭。我想知道，他現在的感情狀況。」

「哇，伯母還記得啊。他完全恢復了，全副心思都在課

業上，準備專心完成最關鍵的論文。讓我們做父母的放心不少，反正，我們一直不喜歡那個女生。」

和彥的前女友汪淇來自上海，家境富裕，是他在艾克斯特念書時，朋友介紹的。跟和彥在一起四個月，一開始都還好，後來開始把他當成自動提款機，明明一起吃喝玩樂，硬要他多出點花費，甚至有時得全額支付。

「要是偶而就算了，畢竟和彥是男生，多出一些錢沒關係。每次都要他出，連我們當父母的聽來都覺得過分，畢竟兩個人在海外念書，生活開銷仍得量入為出。」

「聽起來有點奇怪，不是家境富裕？這女孩好像擺明要花他的錢。」

「是啊，和彥一開始沒想太多，次數太過頻繁，他也覺得不太對勁。伯母，妳肯定猜得到，汪淇的用意。」

「我想，把和彥利用完後，再大方甩掉。」

「沒錯，我們一直都很相信和彥的選擇，後來得知她原來腳踏兩隻船，背著和彥又跟一個韓國男生交往，兩邊的開銷加起來太大，根本吃不消，只好從和彥下手，讓他當冤大頭。」

「事情是如何收尾的？」

「說來，真是謝謝那個韓國男生。他無意間發現汪淇與和彥的合照，直接私下找和彥攤牌才真相大白。和彥很單純，從沒想過對方會劈腿，雖然難過，但他更討厭被人利用，二話不說就分手。」

和彥的生活費，一部分是來自父母，另一部分是他在台

第二部　裂口

南念大學時，透過打工與畢業工作，一點一滴存起來的。因此，他相當介意被當成凱子。

「這樣很好，沒有受到感情影響拖泥帶水，快刀轉亂麻是正確的決定。」

「是啊，我們也覺得，他做出正確的決定。感謝主，保守他的心，幫助他走出感情的傷痛。」

「這樣真好。」接著，仲玉才把與洛伊的對話，包括自己的想法表明。

出院返家後，有一天午後天氣晴朗，又晴去銀行辦事，仲玉想起離家不遠的小公園。自從去年底跌倒，後來動手術住院，一直都沒機會再去走走，那天便跟洛伊一起去散步。

祖孫倆在公園內的涼亭休息，洛伊想起曾與她聊過，關於想要有個手足的心願。

「外婆，我聽妳的建議，把小時候許下的心願跟媽說了。」

洛伊把四年前發生的事，與又晴聊到的內容，一五一十都告訴仲玉，包括她沒有跟又晴搭機回來的原因，甚至當天在倫敦，被曼蒂與布萊恩欺凌的事。

「小伊，我很高興，妳跟妳媽願意互相把心事說開。真沒料到，妳竟然會被同學與男友欺負成那樣。妳老實說，真的沒事了嗎？」

「外婆，不瞞妳說，有時想起來，還是會感到驚慌。幸好當初，妳要舅舅教我的防衛動作，加上我牢記妳的叮嚀，時常操練，結果真的派上用場。爸爸也請同事教我更紮實的

防身術，萬一再受到欺負，我也知道如何防衛。如果妳說的是這部分，我沒問題的。」

「不只這部分，我指的是被男生騷擾的心情。外婆問妳，妳有沒有交過男朋友？」

「沒有，爸說可以嘗試，他不介意，只是媽一直不准，要我專心讀書，至少等高中畢業再說。那天，我跟她說了這件事，她跟爸一樣，覺得我很勇敢，知道如何保護自己，還說外婆的功勞最大。」

事隔四年，洛伊一直沒機會親自向仲玉道謝。如今，她很開心，給了仲玉一個遲來的大大擁抱，表達由衷的謝意。

仲玉望著洛伊，想起她說過的心願，一瞬間，腦海中閃過澄卉的笑臉，以及有關和彥的話題。

「所以是要撮合和彥與洛伊？」

「嗯，妳看，她剛好從高中畢業不久，符合又晴提出的條件，可以交男友。又剛好回來看我，相當貼心懂事，想到這樣，我覺得說不定談一場戀愛，對此刻的她是好的開始。」

洛伊是湯普森家的獨生女，又晴因身體種種的緣故，沒有再生小孩。本來，仲玉認為即使沒有手足，對洛伊也沒有影響。得知她差點受到侵害後，想法就變了。

「之前只聽妳提過，和彥在英國唸書的事，妳看，他人正在新竹，今天沒事，跟妳一起來看我。照理說，他們兩人此刻應該都在英國，說不定是因為兩人有緣，才會相遇。」

她覺得，要是洛伊有個男友，身邊有人陪，也會因談戀愛，對異性有所瞭解與成長。她更補充，當初她跟峻杭也是

透過介紹相識，進入家庭。說不定這是個好方法，可以促成一段美好良緣。

「我知道時代不同，尤其年輕人喜歡自由戀愛，所以妳放心，不用勉強。我只是分享，也想聽聽妳的想法。」

「伯母，想不到妳才動完手術，還在承受化療的階段，就替洛伊考慮這麼多，我好感動。看得出來，妳真的很疼愛她，跟妳對又晴一樣。」

「得到胃癌後，讓我明白人生無常，加上人年紀大，難說能有多少日子，所以，我想珍惜身邊的家人，盡力付出，才不會有遺憾。」

澄卉點頭，提到她舅舅也曾罹患胃癌已離世的事。

「伯母，妳可別笑我。我很謝謝妳的分享，剛才，我看到洛伊跟和彥時，心裡也閃過跟妳一樣的念頭，想到他們都從英國回來，今天在此相遇。況且，兩人站在一起的畫面很登對，只是怕妳誤以為我想高攀，不敢說出來。」

「真的嗎？太好啦，聽到妳這樣說，我好高興！」

一聽之下，仲玉眼眶不自覺流出淚水，握緊澄卉的雙手。

「我跟我先生也是透過同事介紹的，所以我能認同。不管自由戀愛，或透過介紹的愛情，只要是真心相處，相互體諒，一樣能獲得幸福。」

「沒錯。這樣吧，等他們回來，由妳直接跟他們說，反正都長大了，不用繞圈子。只要他們對彼此真有好感，其他的事就順其自然。」

「沒問題。倒是妳剛提到去散步的事，我有兩個建議，

如果妳同意，就交給和彥與洛伊來安排時間，陪妳去公園散步，做些溫和運動，對妳身體好，他們也多些時間相處。」

「嗯，這個主意不錯，我喜歡。我會看情況調整，不用每次當他們的電燈泡。」

「另一個建議，有機會的話，看要不要跟我一起去教會走走。妳知道我是基督徒，教會裡也有教友罹癌，說不定能分享心路歷程。」

又晴曾提過她婆婆是基督徒，多年前曾罹患乳癌，加上對神的信仰，後來幫助她走過化療的辛苦階段。澄卉順口提及，希望不會太過唐突。

「是嗎？我只知道她婆婆得過乳癌，倒不知信仰的事。」

雖未曾接觸過基督教，仲玉並不排斥，笑說反正仍活著，好的建議都能嘗試。此刻的心念，以洛伊與和彥的考量為先，其他都交給澄卉安排。

「嗯，我明白了。要不要也跟又晴說一聲？」

「讓洛伊決定吧，她現在跟小晴相處得很好，如果真如我們所願，由她親口說出這個好消息，不是更好？」

「的確，我想也是。」

「我聽見開門聲，他們應該回來了。」

「好，我去瞧瞧。」

澄卉稍後進來，後面跟著洛伊與和彥，手上各自拿了一包梅片，分別遞給仲玉與澄卉。

「外婆，媽說過梅糖的事，還有阿姨帶來的梅子醬。剛在超商，看到架上的梅片，我們買了一包品嚐覺得味道不錯，

第二部 裂口

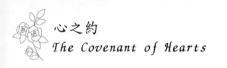

決定再買三包,讓妳、阿姨,還有媽都吃吃看。」

她把手中剩下的零錢交給仲玉;和彥也對澄卉做出同樣的動作。

「謝謝你們的禮物。」

不出所料,當澄卉開口提及兩人交往的建議時,和彥立即傻笑起來,不僅點頭同意,也答應回英國前,盡量每天抽空來陪仲玉做運動。洛伊早已滿臉通紅,單單用笑容表示一致的答案。

「和彥還沒看過我們家美麗的庭院,小伊,你們過去拍些照吧!」

看著兩人的背影,澄卉笑說:「伯母,想不到,這次換成梅片,自動幫他們兩人牽上線,簡直是心想事成!」

「是啊,從梅糖跟梅子醬,再到梅片,原來我們兩家人跟梅製品真有緣。」

兩人各自開啟手上的包裝袋,把梅片放入嘴裡,隨即聽見又晴的走路聲響。

「媽,我剛接到訊息,喬尼三天後抵達台灣,要我去機場接他。」

「喬尼來台灣,怎麼這麼突然?」

「我不知道,他說不方便用電話交談,等見面再說。看來,待會得先跟洛伊說一聲。」

三個人互相對看,氣氛頃刻變得凝重,一片寂靜無聲。

第三部　翻轉

我們曉得萬事都互相效力，
叫愛神的人得益處，就是按他旨意被召的人。

——羅馬書八：28

1.

去年十二月聖誕節前，從倫敦回來後，又晴兩度前來機場接機，第一次是洛伊，這一次是喬尼，站在入境大廳裡等待的她，心情卻比上次來得沉重。

一早起來，她懷著忐忑不安的心情正要出門，見洛伊從樓梯走下來，再三堅持陪她同行。此刻，她東張西望，不停地環顧入境大廳，無法猜測喬尼現身時的情況。

「洛伊，我去上洗手間，妳記得仔細留意，看妳爸到底有沒有出來。奇怪，螢幕上都顯示飛機已抵達，怎麼還沒看到他。」

「媽，放心，爸的身材高壯，很容易認出來的。應該在等行李，待會就出現了。」

洛伊望著大廳中來來往往的旅客，加上喬尼只透過訊息倉促連絡，心中的確閃過一絲擔憂，不知他為何突然飛來。抵達機場時，收到和彥傳來的簡短問候，附上微笑的表情符號，頓時放鬆不少。

幸好，昨晚經由和彥的提醒，讓她及時趕上準備出發的又晴。

「這兩天去找妳時，妳媽什麼都沒說，我看得出來，她對妳爸要來的情況感到焦慮不安。明天妳記得早點起床，不管她怎麼婉拒，妳只要堅持陪她去就好，到機場後再視情況安撫。」

「我會的，真有什麼狀況，我再問你。」

　　三天前，從她遇見和彥，這份未曾預期到來的感情，短短相處幾天，已讓她的世界注入不一樣的色彩。

　　不論是午後陪仲玉去公園散步，兩人待在客廳裡喝茶，分享在英國校園的生活。連去超市購物買菜，窩在廚房討論食材搭配，準備料理等等，洛伊從沒想過，原來遇見彼此喜歡的人，愛情可以如此簡單美好。

　　一想起過往，宛如一道闔上的門，曾因曼蒂與布萊恩帶來的層層陰霾早已遠離，而做了決定來台灣，仲玉與澄卉給予的雙重祝福，加上又晴的首肯，家人替她開了另扇窗，迎向更廣闊也更舒暢的不同視野。

　　令她印象深刻的，是和彥分享在大學時，他跟同學去參加教會活動，受到感動成為基督徒的經過。

　　一邊聽他說話，一邊看他臉上的篤定神情，不禁讓她憶起小時候，在約克與凱特的互動。即使當時，凱特正處於化療階段，仍會打起精神，微笑以對。

　　「奶奶，既然妳身體不好，為什麼周日不在家休息，還要去教會？」

　　「傻孩子，就是因為身體不好，才要去教會，補充精神食糧，讓我繼續充滿活力，跟疾病勇敢奮戰。」

　　「精神食糧是什麼？」

　　「就是神對我的愛。即使身體不舒服，因為相信有神同在，心中就有力量，可以持續克服病痛。」

　　「奶奶，神也愛我嗎？除了妳之外，爸媽都沒跟我提過神的事。」

第三部　翻轉

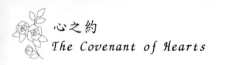

「嗯，我知道神很愛妳。我相信神有安排，有一天妳會明白的。」

化療成功後，凱特重回職場，改當料理顧問，樂於跟洛伊分享從料理獲得的喜悅，更常對她陳述，支持她走過狂風暴雨，依舊感受平安喜樂的信仰。

「奶奶，妳最近看起來開心多了，是因為身體好多了，可以繼續做料理？」

「不只如此。從動手術再進行化療，家人的陪伴與鼓勵，讓我很感動。最重要的，是信仰強化我的信心，面對乳癌造成的身心煎熬，還是能夠撐下來，明白要好好珍惜活著的日子。」

洛伊聽見和彥分享，因神的力量而順利走出情感挫敗時，彷彿也多份熟悉感。

「你是說，你的信仰讓你決定要跟前女友分手？」

「決定分手是我不認同她的劈腿行為，受到她的利用，失去對她的信賴。但我心裡相信神的引導，知道提出分手是正確的。失戀很難受，卻沒有我以為的傷痛欲絕，反而有更多時間能專注學習，包括不錯的課業表現。」

「這就是『塞翁失馬，焉知非福？』」

「妳說對啦！戀情結束，學業進步，現在又遇到妳，讓我特別開心。」

「呵呵，我也是，希望你會對我感到滿意。而且，你讓我想起我奶奶。」

洛伊同樣簡短分享對凱特的記憶，即使雙親不曾跟她提

過神，她心裡仍舊相信神的存在，也相信凱特說的，神很愛她。

「有長輩給的祝福，我們要對彼此有信心！只是我不知道，妳爸見到我時會怎麼想，會不會介意我們交往。」

「我也不知道。不過，既然有家人的祝福，等他來再說。」

「也是，希望妳爸也會對我感到滿意。」

「我很滿意，他肯定會的。」

站在入境大廳，洛伊一想起和彥說話的笑臉，霎時幸福感滿溢，心情十分舒坦，以至於當喬尼面前，一身裝扮與平時穿著迥然不同，她也沒有太過訝異。

「爸，你來啦！咦，怎麼穿得像個運動員一樣，看來很年輕嘛！不過，待會媽要是見你穿這樣，肯定會有意見。」

「好一陣子沒見了，還以為妳會多稱讚我幾句！妳媽呢？」

如不是為了上班與運動，喬尼一貫的外出裝扮，是一件條紋休閒襯衫，配上合身的卡其褲與褐色休閒鞋。難得今日，他戴頂藍黑色球帽，穿著寬大的藏青色棉上衣與棕色五分運動寬褲，搭配一雙塵封多年的黑球鞋出現。

「放心，你不管怎麼穿，都是我喜歡的爸爸。媽去洗手間。爸，怎會突然飛來，也沒跟媽說明理由？你又不是不知道媽的個性，還讓她這麼心神不寧，擔心你出什麼事。」

「妳看我的左臉，有什麼不太一樣？」

洛伊將臉湊近，仔細端詳一番，發現他兩邊的嘴角不太

第三部 翻轉

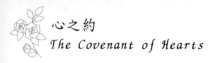

對等，兩邊的眼角也出現類似情況。

「三周前，有天早上起來，我左邊的臉突然不能動了，經由醫生診斷，得了顏面神經麻痺，要一陣子才會完全恢復。」

「是什麼原因造成的？所以你才不方便交談，要等見面再說？」

聽見背後傳來一連串的發問聲，喬尼立即轉身，給對方一個久違的大擁抱。

「老婆，好久不見！」

「就算無法用言語清楚表達，也可以用訊息解釋，什麼回應都沒有，都不讓我知道，又不是小孩子，害我這幾天都沒睡好，一直擔心。」

「好啦，妳知道我不太喜歡傳長串訊息解釋一堆，我現在不就來了？看來妳們母女倆，不僅感情融洽，連說話的方式都差不多？先坐下來再說。」

喬尼一手牽著又晴，一手拉著行李箱，洛伊跟在雙親後面，走到一旁的空椅坐著。

「一開始只是感冒，吃藥休息差不多四到五天，覺得好轉就恢復平日的工作模式。誰知隔天早上發生，一早起床刷牙洗臉，從鏡子裡看見半邊臉完全動不了，眼歪嘴斜的樣子，把我嚇壞了。」

經診斷後，醫生認為應該是病毒感染造成的，已開藥服用，降低發炎腫脹。過好幾天下來，他的臉部持續麻痺中，還感到刺痛，面部肌肉仍舊無力。

喬尼看著自己的模樣變化，心思仍懸在未完成的工作上，

直到有天晚上，接到同事麥可的來電問候。

「我說你啊，喬尼，會不會就是太拼命工作，連你的臉都承受不了壓力，才得到顏面神經麻痺？你別介意我瞎扯，我想說，你有沒有發現，妻女好幾個月不在，你一點都不在意。」

「哪會不在意，她們可不是把我丟下，是去探望遠方生病的家人。」

「我想提醒你，工作再有成就，家人與健康才更重要。」

「麥可，如果換成你是我，你會怎麼做？」

「大不了就把工作停掉，畢竟跟你一起工作這麼多年，發現你很少排休，一定白白浪費一大堆假期。要是我的話，就勤做復健，讓臉先恢復正常，再安排時間去找家人。要是這張臉恢復不了，家人也不在身旁，比起中年男子孤單可憐的淒慘情況，還有什麼事更糟？」

麥可無意的建言如當頭棒喝，剎那間讓喬尼恍然大悟。他思考兩天，盤算無後顧之憂，不僅採用麥可的建議，決定把手上工作釐清，乾脆提出辭呈。

查理卻自有安排，知道喬尼在公司工作快二十年，一直任勞任怨，加上協調能力佳，是自己看重的得力助手，倘若只因身體不適選擇離去會太可惜。

經過再三協調，查理決定先讓喬尼留職停薪，給予三個月假期，到六月底為止，也建議他去旅行散心，幫助身體康復，至於後續工作與否，一切等回倫敦後再說。

「除了每天的自主復健，像是擠眉弄眼，我決定來找妳

第三部　翻轉

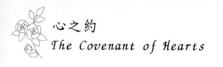

們，同時探望媽的情況。畢竟我才來台灣一次，錯過之前來
訪的機會，覺得很可惜。不如趁這次休假，跟妳們一起安排
定點旅行。」

喬尼立即展現他的臉部運動。

「看起來，左臉的麻痺情況，還需要一段時間才能恢復。」

「兩邊還不太協調，我會盡量維持正常的作息與運動，
加上臉部的復健運動，應該不久就能恢復。」

「要是失去原本帥氣的臉，不就慘了？你今天怎麼穿成
這樣？又不是運動員，也不是年輕小伙子，跟平時的風格完
全不搭，連肚子都出來了。為什麼還要特意戴個帽子？要逗
大家開心？」

洛伊聽到又晴的話後開口大笑，早就料到這一幕的出現：
「爸，你看，我沒說錯吧！」

「好啦，別在意，當我是來度假幾個月的旅客，難得換
個不一樣的裝扮，醜一點也沒關係，舒服就好。」

「這可不行，太邋遢了，你有帶其他衣服吧？不然我去
幫你買幾件。我們先回去，媽還在家等你。」

跟在父母的後面，洛伊嘴角揚起，傳訊息告知和彥一切
都順利，喬尼已平安抵達，正準備返回新竹，末尾還不忘加
上兩個愛心的表情符號。

2.

再次踏進黎家，喬尼走進仲玉房間，見她臉上笑容依舊，

人已白髮蒼蒼，乍然一震，格外感受歲月的轉眼流逝。

「媽，時間過得真快，這麼多年了，一直沒來看妳。」

「沒事的，我明白你忙。上次見你的時候，手裡常牽著洛伊，當時繫著兩個辮子的小女孩，如今已是大女孩，獨立又能幹。」

「人是很奇妙的，誰都無法預料下一刻會發生的事。幾個月前的我，根本無法想像，現在會站在妳面前。」

「不過，我很開心見到你。小晴提到你突然生病，公司給了三個月的休假。」

喬尼走近床沿，向她展示麻痺的左臉。

「前陣子感冒，病毒感染造成左臉麻痺，目前恢復八到九成，需要持續做復健，希望早日復原。以前，我總是過於忙碌工作，這次趁休假飛來，想跟又晴與洛伊一同出去走走。」

「原來是這樣。你可先要有心理準備，她們每天都忙，除了照顧我，還要負責準備三餐、整頓家務、外出購物，說不定沒有空陪你。」

「真的？來了好幾個月，她們難道不需要我了？」

「別慌，過幾天，你就會習慣她們的生活方式。不如去泡杯茶，台灣茶品種類不少，我記得又宸買了不少，你去廚房看看。」

「好，謝謝媽。」

仲玉的直言的確讓喬尼感到失望，心想終於有機會來台灣，可不希望現實生活跟內心期望落差過大。

他把行李拿到又晴的房間，簡單整理，換回以往的穿著

風格，套上休閒淡藍襯衫與合身長褲後，回到客廳。

只見洛伊坐在沙發上，一臉望著他，有話要說。

「爸，待會我要出去，不用等我吃飯。啊，你換衣服啦！還是這樣好看。」

「出去？妳媽呢？她去哪兒了？我們不是才剛回來？咦，妳舅舅跟舅媽也不在？」

「嗯，媽看你跟外婆在聊天，說去買東西給你補身體。舅舅跟舅媽在工作，下班後才會回來。」

見喬尼一臉疲憊，顏面神經麻痺尚未康復，又晴決定去添購食物，打算準備好吃菜餚，讓他品嚐。

「妳不是跟我說過，自從考慮外婆的營養需求，也會參與做菜的行列？要不要今天來試試，讓我一起嚐嚐妳的新廚藝。」

「今天不行，下次啦！我跟和彥約好，待會要去圖書館逛逛，順便查資料，吃完飯才回來。」

洛伊起身走到門口，背後傳來喬尼的問話：「和彥是誰？妳的朋友？從沒聽妳提過，是男生還是女生？」

「爸，怎麼一來就一堆問題？再不出門，我要遲到了。明天下午，和彥會來看外婆，到時候你再當面問他，不就知道啦！」

穿好鞋，她隔著玄關補加一句：「媽在廚房桌上，幫你準備好綠豆糕與烏龍茶，你待會過去吃。要是累了，可以去她房間休息。有什麼要緊的事，直接打電話問媽。好啦，交代完畢，我走啦！」

　　大門關上的聲音傳來，讓喬尼一臉錯愕，記起仲玉剛才的話。

　　他嘆口氣，喃喃自語：「真如媽所說，隔幾個月沒見，她們怎麼完全不一樣了？唉，怪我自己，錯過不少事。」

　　隔天用完早餐，只見喬尼在客廳裡不停地來回踱步，一臉緊張的神色，又晴先開口。

　　「臉不舒服嗎？看你睡得很熟，就沒叫你一起吃早餐。」

　　喬尼沒有回應，只想釐清此刻腦中的想法。

　　「洛伊呢？我問妳，妳認識叫和彥的人嗎？」

　　「當然啦，他是我的好友楊澄卉的兒子，全名是梁和彥。」

　　「所以妳也知道，洛伊昨天跟他出去，很晚才回來？昨晚我累了，加上時差先去睡，沒等到她回來。早上起來，又發現她外出，到現在都還沒見到人影。」

　　「原來是在意這件事。放心，她沒事，昨晚是和彥送她回來的。早上吃完早餐，兩人約好去買東西，待會就回來了，沒什麼好擔心的。」

　　「我昨天問她時，她什麼都沒跟我說，只說和彥今天會來，要我當面問他。妳想，我昨天才來，在這裡，除了妳家人，我也不認識其他人。況且，這裡又不是倫敦，要我直接跟個初次見面的陌生人問話，未免也太冒失了！」

　　「呵呵，想不到你現在會這樣說。你忘啦，多年前我們相遇的時候，不也是彼此都不認識？而且，我可記得很清楚，是你主動跟我說話的。」

又晴眼裡充滿笑意，一副逗趣的神情看著喬尼，讓他頓時感到慌張，一陣語塞，不知如何回應。

「洛伊的爸爸，別擔心！女兒長大了，有自己主見。要是有什麼想法，不如直接開口跟她說，也不會造成不必要的誤解。況且，我一直覺得，你比我更瞭解她。」

沒多久，兩人耳際傳來開門聲響，洛伊迎面走來，和彥尾隨在後。

「爸，這是和彥，他在艾克斯特唸碩士，最近放假回來陪家人幾周。昨天跟你提過，任何你想到的問題，可以直接問他，沒問題的。」

喬尼望著坐在對面的年輕男子，寬闊方正的臉龐，掛著黑框眼鏡，清晰可見的謙和模樣與誠懇態度，洛伊坐在他身旁。

從兩人進屋開始，喬尼單看他們站在一起，便覺得兩人相當登對。而且，以外貌而論，很難想像彼此年紀差了七歲。

「湯普森先生，你好，我是梁和彥。」

「叫我喬尼就好。既然你也在英國念書，請你簡單介紹自己，包括跟洛伊的事，讓我瞭解一番。」

大學畢業後，和彥離開台南，前往在台北工作。為了充實能力，去年暑假他前往英國，在艾克斯特就讀工程管理碩士，暑假過後即將畢業。之後計畫回台灣，到時候依求職情況，再來決定落腳何處。

父親梁仁軒是公務人員，在戶政事務所上班，母親楊澄卉則是中學老師，同時也是又晴多年好友。除了他之外，梁

家還有個小他五歲的妹妹和貞，目前在台中念書，是會計系大三的學生。

　　與洛伊的事是雙方家長建議的。當時他陪母親來拜訪仲玉，兩人認同對彼此的好感，決定以結婚為前提交往，戀情開始不久。等四月回英國前，他會盡量每天抽空過來，跟洛伊一起陪仲玉外出散步，或做簡易運動鍛鍊身體。

　　此外，兩人會一起討論做菜，分享生活點滴，彼此很有話聊。

　　「就算現在每天相處，我們仍會回去倫敦，你也即將完成學業回來，要是這樣下去，日後相隔兩地，不會造成困擾？。」

　　喬尼說畢，臉上沒有太多的表情。

　　「只要我們對彼此是真心的，未來的情況，到時候可以商量調整。我覺得關鍵在於彼此的心意。如果洛伊不會因此感到困擾，同樣地，我也不會覺得困擾。」

　　和彥說完，洛伊立刻接話：「爸，你別這副嚴肅表情，一點都不像你。以前，你不是常鼓勵我談戀愛？現在，你應該替我開心才是，這是外婆提的建議，連媽都同意。」

　　洛伊握住和彥的手，兩人起身後，她繼續補充：「況且，我們才剛在一起，未來的事還很遙遠，不用太在意。倒是爸，你先把身體顧好才重要。先這樣，我們跟外婆約好要去散步了。」

　　看著兩人的背影，喬尼愣住，又晴的聲音再次迎來。

　　「我不是才說過，女兒很懂事的。不如改天，我找澄卉

來見面聊聊，你會知道他們家的情況，也會更瞭解和彥。」

「澄卉是哪位朋友？我不記得妳提過她。」喬尼的臉色不自覺沉下來。

「你不記得了？她是我大學的室友。你第一次來台灣時，回英國那天，因你想搭客運，原本已安排好去機場，誰知洛伊把又宸送的長頸鹿玩偶放在家裡，我們又折返回來拿，耽擱很多時間。最後請我朋友協助，由她安排叫車直達機場，還好趕上飛機。」

「嗯，我有印象。」

「那位朋友就是澄卉。當時行程排得很滿，沒機會見到彼此。」

喬尼沒有回話，望著又晴，感受不若以往。

想起她離開倫敦後，兩人透過電話，分享她忙進忙出的日子。從照顧仲玉，到住院開刀與化療，包括與洛伊的種種互動，雖是忙碌，她卻比在倫敦時，看起來更有朝氣。

儘管他喜歡此時的又晴，內心卻莫名冒出不少疑問。

「看她們母女每天開心的樣子，反而覺得，我像個陌生人？而且，臉也還沒恢復，看起來的樣子還是很怪，是不是根本不該貿然來這裡？不如乾脆整理行李，一個人回去倫敦算了？唉，我到底是怎麼了，越想越心煩。」

正當喬尼不知該怎麼辦，心中滿滿問號時，洛伊竟現身在他面前，把一包梅糖與一包梅片，塞在他的手裡。

「爸，這是楊阿姨要我給你的梅糖。梅片是我跟和彥早上去買的，你嚐嚐。待會，要媽帶你去附近超商，喝杯平價

咖啡，來個午後小約會吧！」

「吃梅糖？梅片？午後小約會？又是怎麼回事？」

喬尼看著手上陌生的零食，只有一頭霧水。

「這些是連結我跟和彥的幸運物。要是想知道前因後果，請媽慢慢解釋。我們要出門啦！」

神情疑惑的喬尼，看著洛伊攙扶著仲玉，和彥跟在後面，三人一起步出大門，他才回過神來，走到廚房向又晴開口。

「洛伊把這些零食塞給我，硬要我吃，說是連結她跟和彥的幸運物。妳明白她在說什麼？」

「嗯，看來洛伊今天特別高興，才會一股腦說出口。這件事說來話長，你要不嫌煩，得耐心花些時間，聽我從頭說起。」

「妳看我現在這樣，無事一身輕，最多的就是時間。喔，她還說，要妳帶我去超商喝杯平價咖啡，來個午後小約會。倒很新鮮，在超商喝咖啡？」

「可別小看台灣的超商，裡面什麼東西都有，也有平價咖啡。當然不能跟專業的咖啡館比，只是考慮方便性，價格也能接受，偶而，我會去超商喝杯咖啡。要是你想去，巷口附近有一家，等下可以過去看看。」

「既然這樣，那就去吧。況且，看洛伊說成那樣，我也想知道零食背後的故事。」

又晴把頭湊近喬尼，用手指輕推他的左嘴角：「好，不如在我摺衣服時，你先做個十分鐘的復健運動，幫助你的臉早日恢復正常，等我弄完就去。」

第三部　翻轉

喬尼點頭，一瞬間，滿布內心的煩躁已消退不少。

3.

兩天後的傍晚，喬尼與又宸在樓上分享工作，又晴前往公園散完步，舒緩忙碌一天的筋骨，電話響起。

「又晴，有空嗎？有事想問妳。」

「沒問題，我剛做完運動。妳說。」

「你先生才剛來不久，這幾天都好嗎？」

「還好，他之前因感冒受到病毒感染，導致顏面神經麻痺，原本打算趁此辭去工作，上司不同意，最後讓他休假三個月，等六月底回倫敦後再說。所以，他趁休假飛來找我們。」

「聽和彥說，你先生很介意他跟洛伊交往的事，態度很冷淡，不太搭理。他不知該怎麼做，問我要不要去澄清一下。」

聽著澄卉的敘述，又晴感到抱歉，她知道問題來自喬尼，卻連累到無辜的和彥。

「真是抱歉，問題出自我先生，跟和彥無關。洛伊也因此不開心。本來我想，要不如安排妳來跟他見個面，現在想想，也許妳還是不來比較好。」

「為什麼？」

「幾個月沒見，我覺得他有心事卻不明說，我不清楚他在想什麼，也不明白為何變這樣，完全不像以前的他，尤其是他對和彥的冷漠反應，所以，我不希望出現讓妳難堪的場面，使事情更難收拾。」

　　「又晴，妳不用替我擔心，我比較在意和彥，他與洛伊才剛交往，要是因妳先生的好惡，導致這段戀情無疾而終，真的很可惜，相信伯母知道的話，也會有同樣的感受。」

　　這兩天，和彥情緒不穩，變得沉默寡言，即使沒有多說，澄卉仍能感受到他的沮喪，猜想原因是不受喬尼認同。而且，只剩兩周不到，他就要回英國，當務之急，得想辦法協助處理。

　　「要是妳能多分享妳先生的情況，也許我們可以想個方法，從旁處理。」

　　澄卉的話讓又晴相當窩心。從當室友開始，到日後說不定有機會結成親家，對方的直爽熱情，習慣為他人著想的個性，多年來依舊未變。

　　「我先生是個直率的人，向來人緣好，喜歡戶外運動，倒是現在的他，幾乎每天擺出一張憂鬱的臉，怪裡怪氣的模樣，真讓人感到錯愕。況且，他一直都鼓勵洛伊談戀愛，照理說該替洛伊感到開心，我還把梅糖的經過都告訴他，沒見他有什麼不悅。」

　　「出現這麼大的反差，是不是無法適應台灣的情況？人一生病就容易陷入慌亂，影響原有作息，觸動他的心情？會不會他本以為休假，二話不說飛來相聚，可以即興出遊。結果不如預期，而大失所望？」

　　兩人詳加揣度，應是喬尼最近接二連三遇到的事，從顏面神經麻痺、留職停薪到休假，倉促決定飛來不熟悉的台灣。雖會說中文，也不如洛伊流利，尤其他原本便是以工作為重

第三部　翻轉

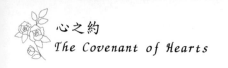

的人,生活步調變化,人在異鄉,肯定對心情造成影響。

「說不定如妳所說。即使看他每天早晚勤做臉部復健,只是新竹不比多采多姿的倫敦,人生地不熟,也只能待在家裡。要是沒我或洛伊同行,要他自行出門,簡直是天方夜譚。」

又晴坦承,她根本無法接受,喬尼臉上死氣沉沉,更別說是三不五時出現的煩悶模樣。

「如果這樣,把我先生介紹給他認識如何?既然他愛交朋友,也喜歡戶外運動,加上兩人年齡差不多,我先生大他三歲,我想,應該會合得來。」

「聽起來是個好方法。這樣會不會太過冒昧?」

「不會的,說不定妳先生就是整天悶在家裡,沒事可做,看妳忙家務,洛伊忙談戀愛,覺得自己被冷落才會這樣。人一寂寞,又無人可訴苦,很容易看誰都不順眼。」

兩人討論完,決定一試究竟。

周六上午,澄卉跟又晴先行準備,由和彥與洛伊在家陪伴仲玉,她們倆則備妥食物、飲料與水果,前往青青草原野餐,安排一日遊的行程。

雙方夫妻各自約在青青草原的大門前,位於西北處的入口會合。

從大門進入步行幾分鐘,四人眼前出現不同長度的磨石子溜滑梯,正值周末假日,不少家長帶著小孩爬上滑下,玩得不亦樂乎。

中等身材的梁仁軒,頭髮雖已半白,依舊精神抖擻,即

使任職公務機關，卻少了拘謹嚴肅的刻板印象，加上微笑時出現的單邊酒窩，更顯得自信開朗。

前一晚，澄卉已事先告知仁軒，有關喬尼的情況，叮嚀他見面時視情況交流。

仁軒看著溜滑梯，走向喬尼：「這些溜滑梯是前幾年才蓋的，沿著山坡設計，共五十四公尺，吸引很多遊客來此一試。我們很久沒來了，沒機會嘗試。」

「說真的，我還是第一次看見這麼長的溜滑梯，很特別。小朋友們玩得很開心。」

「要不要我們兩人也去體驗一下？」

「去體驗？說真的？還是開玩笑？」

「當然是真的，肯定很好玩。」

「照理說，溜滑梯是給小孩玩的。」

「是啊，不過這裡的溜滑梯，搭配粉色、黃色、綠色與藍色，是根據陡坡程度設計，提供不同身高的人使用。」

喬尼往前方看去，覺得很有意思。

「不分大人小孩，都可以來使用這些溜滑梯。你瞧，很多人玩了一次還不夠，又爬上來再玩幾次。今天假日人多，還得排隊。」

順著仁軒的目光，喬尼的確發現好幾個家長，從藍色溜滑梯滑下去，結果又再爬樓梯上來排隊。

喬尼轉過頭，看著又晴：「妳呢？想去試一試？」

又晴指著身上的連身洋裝，連忙搖頭：「你們去就好，我們在這裡觀看。」

　　喬尼跟在仁軒後面，輪流體驗溜滑梯，首次嘗鮮的感覺的確有趣。

　　仁軒覺得體力不夠，兩次後便停止。喬尼則是一口氣連玩四次，花不少時間排隊，還花費大量體力爬樓梯，大幅運動完，心情倒是暢快許多。

　　「謝謝你的推薦，很開心，整個人感覺很舒服。」

　　「不客氣，我也很開心，這把年紀難得體驗一次，重溫童年玩耍的滋味。歲月真是不饒人，無法跟年輕時相比，想不到你體力不錯，竟能玩上四趟。」

　　「是啊，覺得很新鮮，倒是聽你這一說，我也覺得累了。」

　　「去休息吧，順便吃點東西。」

　　兩人與老婆會合後，一起往入口左側的青青草原走去，找塊地點坐下，鋪好野餐墊，擺好又晴帶來的壽司與水果，澄卉準備的蛋糕與飲料，四個人準備好好享用一番。

　　澄卉把蛋糕切成四份，遞給喬尼：「這次來台灣，有安排什麼景點嗎？或是有特別想去走走的地方？」

　　「老實說，我是臨時起意來的，沒有安排計畫，只是想跟家人團聚。來了之後，發現大家都忙。如果只有我一個人去旅行，又覺得很掃興。」

　　「要是安排以新竹周邊的景點為主，像今天這樣，偶而來個一日遊，或是靜態的活動，可以一起喝茶、聊天、下棋，你會想參加嗎？」

　　「聽起來不錯，現在手上沒有工作，時間真的很多，往往不知如何打發。不過，得看又晴有沒有空陪我。」

「我是說，等又晴有空，你們就規劃外出；要是又晴沒空，改由仁軒陪你，我也可以加入，你覺得如何？」

澄卉向正在吃壽司的仁軒瞄了一眼，繼續說：「仁軒是公務員，工作從周一到周五，朝九晚五很規律，下班後跟假日都很閒，加上小孩大了，不用考慮。不如由他來安排活動。」

「仁軒呢？你也認同澄卉的建議？會不會太麻煩？」趁喬尼尚未回答，又晴先開口。

「哈哈，當然可以。只要喬尼不介意，反正我也是閒在家裡，不然就是出外找些老朋友打球下棋。」

「既然這麼，你的答案是？」又晴轉過身，望著正在喝蕎麥茶的喬尼。

「我覺得很好啊，沒問題。」

接著，他轉向澄卉：「謝謝妳十四年前的及時幫忙，讓我們一家人順利趕到機場，搭機返回英國。一直到前兩天，我才知道原來是妳幫的忙，事隔這麼久，還是該說聲謝謝。」

用餐小歇完，仁軒帶喬尼去踏青，從青青步道啟程，往第一草原的方向前進，途經生態景觀池，欣賞沿途樹林美景。又晴跟澄卉則留在原地，欣賞大片草原之際，喝茶聊天。

「澄卉，看來妳的方法奏效了，真好！」

「看他們聊得來，我很開心。畢竟，周末假日，不用上班工作，也沒打算外出，仁軒跟我兩人都待在家各找各的事做，只為了打發時間。要是喬尼來訪，肯定有趣多了。」

「真希望如妳所說。喬尼要是能持續充滿活力，我也放

心，畢竟回來這段時間，主要是陪伴照顧我媽，她還在進行化療，而且，我弟與弟媳工作也忙，家務與料理仍由我處理，實在抽不出空陪他。」

「妳放心，會是好的開始的。伯母化療的情況如何？」

「還好，只是受副作用影響，身體還是常會不舒服。倒是我發現，她只要看到洛伊與和彥出現時，特別開心，精神就來了。」

「我看得出來，伯母真的很疼洛伊。對了，明天是周日，早上有空？」

澄卉提到周日上午要去教會，也曾向仲玉提過教會裡有罹癌的教友，可以介紹給她認識，分享化療的心情。而且，她也不介意有機會一同前往。

「等回去時，我再問她的意願，要看她身體情況。確定後，晚上再告訴妳。」

「好。今天這趟出遊，仁軒若真能派上用場，說不定，也會因此改善喬尼與和彥之間的互動。」

「我們拭目以待！」

兩人躺在草原上伸開雙臂，仰望湛藍無雲的天空。

4.

從青青草原回來，晚上用餐後，又晴依約打電話給澄卉，分享後續的意外驚喜。

「又晴，這真是好消息！這樣明天我們就可以一起去教

會啦！妳的聲音聽起來很開心。」

「嗯，不只如此，我發現今晚喬尼的態度不一樣了。」

從抵達台灣開始，每晚跟黎家人用餐時，他只會聽大家聊天說話，不太發言，保持沉默居多。對照十四年前的情景，截然不同。

當時的喬尼初次到來，對食衣住行都覺得新鮮好奇，即便風土民情不同，仍舊喜歡侃侃而談，即使遇到不明白之處，也會直接開口，請黎家人給予協助說明。

今天晚上，彷彿重回當時的情境。

晚餐時，喬尼不僅先主動發言，說他很開心去踏青野餐，最高興的是連續玩了四趟溜滑梯。讓他想起以前在約克念大學時，只要一有空，就會健走與慢跑，非常樂於享受一流完汗，渾身無比舒暢的感覺。

結婚多年，他因在意養家責任，全心全意放在忙碌的工作上，健走與慢跑的次數大幅驟減，隔了好個月，偶而想到，才會外出小動一下，徹底丟棄曾經維持規律運動的好習慣。

「聽起來很棒，失而復得的驚喜的確很令人振奮。」

「他說既然記得，就要辦法付諸實現，打鐵要趁熱。所以，他想知道仁軒明天一早有沒有空，跟他一起外出騎腳踏車，順便認識周遭環境，方便瞭解日後自行外出的路線走向。」

黎家門側有兩台腳踏車，是又宸跟芸之的。他們夫妻倆向來嫌熱，不喜歡散步，常以騎腳踏車做為主要運動工具，在附近的巷弄裡閒逛。後來跟公司同事閒聊，才知大家傾向去健身房，互相邀約做運動，運動完還可一同聚餐。

　　自從又宸夫妻倆改去健身房，大幅體驗室內運動的優點，兩台腳踏車便擱置在旁，無人使用。

　　晚餐時，又宸聽到喬尼聊起運動習慣，考慮他空閒時間多，加上台灣氣候溼熱，提議不如以騎腳踏車代替慢跑，延續以往的運動習慣，腳踏車方便停放，不占空間，臨時想去附近巷道閒逛或商店購物，隨時想走就走，一舉數得。

　　「哇，太好啦，妳記得我提過，前陣子仁軒過生日？那時候，和彥看著他發福贅肉多的身體，對他提過類似的建議。」

　　在英國念書時，和彥發現當地很多人喜歡騎腳踏車。騎腳踏車對身體很有益處，不僅能預防大腦老化、鍛鍊身上各部位與下肢肌肉，更重要的是有助減肥，正是適合此時的仁軒。

　　聽見兒子的建議，仁軒雖不否認，只是他的腳踏車老舊，早已損壞，加上澄卉固定進行有氧運動，沒伴同行騎車，更不想只因腳踏車壞了，專程跑去買台新的。

　　「這樣豈不是正符合喬尼的建議，明天早上開始嘗試？只要仁軒同意，請他明天一早過來。」

　　此外，又晴並提及家中的蔬果調理機，是洛伊曾為了仲玉購買的，自從與和彥交往，兩人相處時間頻繁，調理機也常擱在一旁。又晴想趁明日午後來打蔬果汁，由於芸之跟又宸安排外出會友，便問澄卉是否想來參與。

　　「仁軒沒問題的，我待會跟他說，時間確定好再告知妳。明天下午我不過去，早上聚會結束，我會直接去搭車，約好去台中看和貞，帶她一道去見我舅媽。」

　　自從澄卉的舅舅走後，她舅媽一直想邀在台中念書的和貞到家裡吃點心。和貞每次都說好，卻因忙於課業與社團活動，從未如實履行，只能放她舅媽鴿子，再補上「抱歉」兩字。

　　向來很有主見，我行我素的和貞，常讓澄卉花費不少心思，也讓她對舅媽感到過意不去。上周，接到舅媽的電話問候，想到兩人好一陣子沒見，她馬上訂好車票，決定親自下去處理。

　　「我明白了。明天吃完早餐，我跟媽會在家裡等妳，再一同前往教會。」

　　隔天早上八點，門鈴響起，梁家父子準時現身。

　　「阿姨早，我爸第一次來這裡，我媽交代我陪他來，以免走錯或找不到就麻煩了。」

　　「先進來，我們正在吃早餐，你們也一起來。」

　　「不用了，我們吃完早餐才過來的。我先回去，我媽說她待會過來。」

　　「仁軒，先喝杯茶，喬尼在樓上換衣服，我讓洛伊去叫他，請等一下。」

　　「不急。謝謝妳弟的腳踏車，讓我可以開始活動筋骨。」

　　「哪裡，是喬尼的意思，也謝謝你陪他出去走走。」

　　沒過幾分鐘，喬尼與仁軒各自推著腳踏車到門口，從巷口出發，往公園方向前去。一旁的洛伊關上大門，笑容滿面。

　　「媽，想不到爸竟會主動開口邀約，一起出去騎腳踏車。

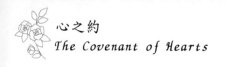
真是意外！」

「妳不覺得，這是好的開始？」

「是啊，他以前最愛健走跟慢跑。我記得小時候，他常硬拉我們去戶外運動。我發現昨天你們回來，爸的臉色好多了，不再悶悶不樂。」

「嗯，放鬆身心，又交到新朋友，讓他心情變好了。他的人緣向來不錯，這樣也不用整天沒事待在家裡。」

「真不公平，他可以馬上跟和彥的爸爸成為朋友，卻只會擺張臭臉給和彥看。只要一見到他來，要不就不理睬他，要不就跑到樓上去，像小朋友賭氣，弄得我們相當在意。」

「我有個主意。等下我們跟楊阿姨去教會，趁妳爸不在，由妳來打破僵局。」只見洛伊聽完後，猛點頭。

「好建議，我來跟和彥商量進行。倒是媽怎麼想去教會？外婆也去？沒聽妳特別提過，這又是另一件意外的事。」

「是楊阿姨的建議，可以讓妳外婆認識罹癌的教友，互相打氣。很久以前，在念大學時，她就邀我去過教會一次。不過，這次的起因是來自妳奶奶留下的禮物。」

母女倆走進房間，又晴陳述當時情景，分享凱特給她的祝福。

幾個月前，在倫敦的洛伊與仲玉通話時，她在一旁聽著母親的回應，內心滿是不安與憂愁，手足無措，腦海卻閃過凱特的話。回房後，翻開聖經，從經文裡獲得平靜。

「原來如此。看著奶奶的字跡，讓我想起她慈祥的笑臉。」

「我也是。我先下去準備。」

「我也來準備，先跟和彥討論，再照妳的建議行動。」

午餐過後，又晴在餐桌上擺好餐具，放上剛完成的番茄紅蘿蔔汁與木瓜蘋果汁，等待午茶時光的到來。

十五分鐘左右，洛伊跟和彥兩人一同進來。

「買到了嗎？」

「嗯，買到了。店裡產品口味很多，花了不少時間才挑好。」

洛伊把產品分成五份，分別遞給每個人。拿到喬尼面前時，特別加問一聲，期待他的反應。

「爸，你嚐嚐，喜不喜歡？」

喬尼用小湯匙挖一小口品嚐，隨即冒出驚嘆的語氣：「哇，是乳酪蛋糕，好久沒吃了，味道很棒，乳酪口感很濃郁，我很喜歡。」

「媽說，乳酪蛋糕是你最喜歡的點心。這可是託和彥的福，他騎車帶我去買的。吃得出來什麼口味嗎？」

「嗯，伯爵茶。」

「答對了，這也是和彥選的。讓你品嚐的同時，感受遠方家鄉的滋味。」

洛伊先望著和彥，又看了又晴一眼，母女倆會心一笑。

「你們專程為我去買的？太開心了。原來，真是有其父必有其子。和彥，謝謝你的用心。」

喬尼道謝後，陳述早上的事。

出門時，他因為太過開心，一心只想著騎腳踏車，忘了

第三部　翻轉

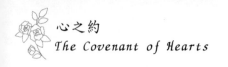

帶錢包,連水壺也沒拿。途中,兩人騎到公園休息時,他才想起自己的粗心大意,覺得很不好意思,什麼都沒多說。

倒是一旁的仁軒瞄了一眼,只說待會回來,隨即騎上腳踏車離去。幾分鐘後,再次回到原地,手裡多了瓶礦泉水。

「喬尼,這瓶水給你。」

兩人坐在公園的長椅上,仁軒從手提袋裡取出水壺,並拿出幾包蘇打餅分享,補充體力。

「原來你去替我去買水?」

「嗯,我發現你沒帶水壺,猜你可能忘了,肯定不好意思先開口。只是,出來運動,要是沒有隨時補充水分,對身體反而不好,所以,別跟我客氣。別忘了,我們都是中年人了。」

對著和彥,喬尼邊說邊笑,直嫌他早上真是又糊塗又尷尬;心裡很開心能遇到仁軒,成為朋友。

「喬尼叔叔,別客氣,這一切都要歸功於阿姨與洛伊,知道乳酪蛋糕是你的最愛,我只是協助跑腿,陪她去店家,買到合適的產品。」

「嗯,我明白。」

再次品嚐幾口,喬尼坦承內心的想法:「之前,我對你的態度一直不夠友善,跟你道歉,請別介意。」

他直言剛到台灣時,情緒波動未平,一時之間不知如何調整,才導致不良的互動。

看著黎家人的和睦相處,分工合作,盡心盡力照顧仲玉,

尤其頭一次瞧見洛伊與和彥的互動，望著兩人臉上不時出現雀躍的模樣，讓他格外感到寂寞，覺得自己是個不請自來的局外人。

因此，他一點都不想搭理和彥，更不想喚起內心的難受。

「爸，現在呢？」

「沒事啦。經過反省，我明白你們並沒有真的忽略我，除了三不五時叮嚀與分享，昨天特意替我安排的出遊，今天準備的乳酪蛋糕，都讓我很感動，知道沒有被視為局外人。」

「爸，你怎麼可能會是局外人？你是我最愛的爸爸，媽媽最愛的老公，外婆最愛的女婿。而且，你也是……」

「是什麼？要不要把話說完？我知道妳想說什麼。」

喬尼跟著附和，洛伊瞬間脹紅臉：「哎呀，不說了。」

「外婆來替幫妳接完話：『你也是和彥最尊敬的……未來岳父。』」

在場的每個人，聽見仲玉的機靈回應，哈哈大笑起來。最為窩心的，是跟洛伊同樣臉紅害臊的和彥。

5.

下周二傍晚，是和彥返回英國的日子。艾克斯特位於英格蘭西南端，他計畫先搭機飛至阿姆斯特丹，再轉機回到當地。

兩家人決定安排周六下午，辦個小型家庭聚會，地點選在黎家庭院，各自攜帶美味佳餚、茶點與飲品，一方面是慶

祝仲玉的化療情況逐漸穩定，另一方面是替和彥餞行，預祝他順利畢業，早日學成歸國。

當天一大早，又晴跟芸之已著手進行，準備不同款式的中式料理，包括壽司、飯糰，鹹粥與甜湯。洛伊亦參與其中，調製好幾款成分營養的蔬果汁，像是楊桃鳳梨汁、葡萄蘋果汁與蜂蜜胡蘿蔔汁等等。

澄卉則負責西式茶點的準備，提供多樣選擇，從全麥麵包、法式麵包與厚片吐司，搭配種類不同的果醬與抹醬，有紫蘇梅醬、花生醬、抹茶抹醬、芝麻醬，還有香蒜奶油醬等等。飲品則提供冷泡無糖的金萱茶飲，以及新鮮梅子綠茶。

陽光露臉的四月天，第一次兩家人歡聚一堂，除了在外地念書，沒有參與的曜昇與和貞，每個人都很享受聚會，吃得開心，心情也十分愉悅。

對交往不久，即將分隔兩地的洛伊與和彥而言，此時此刻的感受尤為深刻。

「想到當初一心只想來看外婆，從沒料過會因她的病況，一直待到現在，結果我爸也來了台灣。一連串的事情，真是不可思議。」

「是啊，沒有人知道未來會發生什麼事，倒是我很開心，因為學校放假，也因為事先說好替我爸慶生回來，才能遇見妳。」

「嗯，我也一樣。遇見你是台灣送給我最棒的禮物。」

「呵呵，記得要好好收藏，妥善使用這份禮物啦！」

兩人相視而笑，牽著手，依偎坐在庭院旁，通往廚房的

階梯上喝茶。

「下周我回去後，記得繼續保持聯繫，用視訊也很方便。」

「當然啦，我們可是約好了，不管哪種方式，每天都要問候彼此一聲，你可別因課業太忙把我忘了。」

「放心，我記得。妳呢？自從去年畢業，不是一直都在考慮要不要繼續升學，還是直接找工作？」

「最理想是兩者兼顧。如果繼續升學，我不想只專注在課業上，希望課餘時有工讀機會學以致用，累積工作經驗。」

從抵達台灣，她心裡一直掛著這件事，只是常要協助又晴，去醫院照顧仲玉，自然耽擱下來。直到仲玉出院，化療情況穩定才重新開始思考。

「我對前途的事情很謹慎，加上成就感對我很重要，不想依眾人的眼光隨波逐流，或依我爸媽的想法草率決定。我需要時間仔細斟酌，一旦確定就跟你說。你對未來的規劃呢？」

「等論文完成順利畢業後，我會回來台灣找工作。」

「嗯，我知道。我想問的是，想從事哪類型的工作？」

「我讀工程管理，涵蓋工科與商科兩方面，工作機會相對地多，倒是我本身比較嚮往當硬體設計工程師，會以理工類為優先考量領域，以後有機會再與管理結合。」

「聽起來不錯，只剩幾個月了，打算回來新竹工作，還是去台北？」

「出國前，我一直都在台北工作。這次回來發現新竹環境不錯，家人也在這裡，況且，我不喜歡生活只有工作，畢

第三部　翻轉

業回來，我會把新竹當成優先考量的職場。學業尚未完成，現在還說不準。怎麼突然問我這個？」

「說來不怕你笑，我很喜歡新竹，有時我常在想，要是有一天我能在這裡生活，不知該有多好。」

「還不簡單，等我們結婚後，就可以達成了，到時候，妳愛在新竹住多久都可以。」

「我不是這個意思。雖然我們以結婚為前提交往，我才從高中畢業，對未來也有一番期許。就算想嫁，也要通過我爸媽那一關。不管如何，我希望結婚時，經濟可以獨立，不用造成家人的負擔。」

「放心，我們一起努力，妳的心願一定能達成，新竹會等妳的。」

兩人看著臉上的微笑，替彼此未來，誠心給予由衷的承諾。

周二早上，和彥跟父母吃完早餐，目送他們去上班後，收拾好行李，中午與洛伊吃頓飯，再依計畫前往機場。

兩人在新竹市區，離護城河不遠，找了一家日式料理店用餐，之後，走進斜對面的咖啡館喝杯咖啡。沒多久，洛伊的手機響起。

「妳媽剛才在家昏倒了，我看情況不對，立刻先叫救護車，現在我們在醫院急診室。」

「怎麼回事？要我過去嗎？」

「還不曉得是什麼原因，要等醫生檢查。妳先不用特意

過來，今天不是要送和彥去機場？」

「可是，爸，你一個人可以處理嗎？」

「沒事的，這裡有醫護人員可以協助。我先等結果如何，再傳簡訊通知妳。倒是妳外婆一個人在家，你記得送和彥去機場後先回家，別讓她擔心。」

「這樣好嗎？」

「我明白分隔兩地，思念彼此的心情，還是多陪陪和彥吧！」

他建議洛伊依照原計畫，至少登機之前，兩人還能多相處。

「我明白了，我等你消息。」

掛上電話，她的臉色沉重，把喬尼傳來的消息告知和彥。

「妳還是趕快過去找喬尼叔叔，他對醫院的情況又不熟，如果需要協助，多個人在現場比較妥當。」

「我爸說他會處理，不要我去，要我照計畫陪你去機場，之後回家陪外婆。」

看著洛伊的焦慮模樣，和彥直言：「妳呢？去機場、去醫院，還是要先回家？哪個比較要緊？」

她內心猶豫著，眼角泛出淚光，低下頭沒有回應。

「我知道妳很擔心阿姨，不如我們調整計畫，喝完咖啡後，妳陪我到車站就好，也算送我一程。」

「之後呢？」

「我自己搭車，先抵達高鐵車站，再轉搭機捷往機場。幾個星期前，我也是照這樣回來新竹，沒有問題的。」

第三部 翻轉

「唉，不知我媽怎麼回事，突然昏倒。剛才出門前，她正在看新聞，交代我跟你說一路平安。」

這幾個月來，眼看她跟又晴的關係，好不容易變好了，喬尼的顏面神經麻痺順利康復，恢復往日笑容，湯普森一家三口終於在新竹相聚一堂，怎麼會突然又出狀況。

「不是才聊過，沒有人知道會發生什麼事，因此，在情況尚未確定之前，答應我，妳千萬不要胡思亂想，好嗎？」

「怎能說不想就不想，要是我媽突然發生緊急狀況，我跟我爸該怎麼辦？」

「洛伊，先閉上眼睛，做個深呼吸。」

和彥握著她的雙手，等她睜開雙眼。

「妳還記得，我跟妳提過的信仰？」

她點頭：「你說，神是你的力量。」

「也記得妳跟我提過，妳奶奶對妳說的話，神很愛妳。」

她再次點頭。

「所以，妳相信神嗎？」

「我相信。」

「既然如此，那麼，在我回去英國之前，我想跟妳分享一件事，如果妳願意嘗試，一定會有幫助的。」

洛伊看著對方，等他繼續說下去。

「當妳心慌意亂，擔心害怕時，向神禱告。神會給妳足夠的力量去面對處理，就像此刻，無法猜到阿姨的情況，感到惶恐不安的時候。」

「向神禱告？有用嗎？我又不是基督徒。」

「儘管不是基督徒，因為妳打從心裡相信神，願意全心向祂祈求，神必定會垂聽，給予協助。」

和彥表示，神是天下萬民的神，祂的愛不是只給基督徒，而是給每個真心願意相信祂，依靠祂的人，當然，包括洛伊在內。

「不管阿姨昏倒的理由是什麼，妳都可以打電話或傳訊息給我。我更希望，妳願意讓神當妳內心最強大的後盾，無論碰到什麼困難，充滿疑惑時，神都會賜給妳平安。」

「只要禱告就好嗎？」

「嗯，只要妳全心相信神，持續禱告，把心裡的憂愁都交給神，讓祂引導解決問題。妳願意嘗試嗎？」

「好，我願意。」

「有任何需要，隨時可以找我媽協助，她不只是我的媽媽，也是愛護妳的阿姨。」

洛伊點頭，喝完咖啡，和彥從袋裡拿出一包梅糖，放在她手裡。

「這是她早上拿給我，要我轉交給妳，說隨時需要，或想起我時，吃一顆糖，會帶來幸運的。」

握著梅糖，洛伊抬起頭，露出微笑：「嗯，我會的。你也要答應我，好好照顧自己，保持聯絡，讓我放心。」

「當然。」

桌上的手機震動，洛伊看了一眼：「是我爸的訊息。」

醫生進行立即處理後，又晴沒事了。

根據她提供的症狀，包括胸悶、心悸與失眠，醫生檢查

第三部　翻轉

後，照了心電圖，診斷她應是自律神經失調，長期以來，心理壓力過大、睡眠不足與情緒緊張等因素造成的。開了幾天的藥，先改善她的失眠狀況。

醫生也強調，放鬆緊張的情緒，重新調整生活作息，以減緩長期累積的壓力才是關鍵。提醒從多方面著手，才能徹底改善根本問題。

「他們還在醫院，媽仍在休息，過一會再回家。不過爸也說，我不用去醫院了。」

「即使如此，計畫還是照舊，妳陪我走到車站就好，畢竟妳外婆一個人在家，肯定也很擔心阿姨的狀況，妳早點回去陪她，讓她能安心。」

「我知道，我的想法跟你一樣。」

兩人起身，步出咖啡館，站在巷口伸出雙臂擁抱彼此。

和彥輕撫洛伊的臉，誇她有張最可愛的笑臉，叮嚀她隨時保持微笑，肯定迎來好運。窩在他懷裡的洛伊，隨即仰起頭，露出燦爛的笑容。

「多留意阿姨身體，更別忘記妳剛答應的事。」

「我們說好的，我不會忘的。」

「嗯，我們走吧！」

和彥右手拉起行李，左手牽著洛伊，往車站方向並肩走去。

6.

　　從醫院返家後，又晴遵照醫囑服藥幾天，儘管失眠狀況稍微改善，仍不時覺得疲憊，提不起勁做家務。仲玉看在眼裡，覺得心疼，私下跟大家商量，由喬尼協助洛伊，一起接替分擔家務與三餐料理。

　　下班後，又宸與芸之也會加入陣營分工合作。又晴明白家人的心意，仍覺得過意不去，不管是面對顏面神經麻痺才痊癒的喬尼，取代她照顧仲玉的洛伊。她回來是協助家人的，眼看一切逐漸步上軌道，如今發生狀況，換成自己需要他人的協助。

　　「又晴，好點了嗎？我帶了當歸湯麵。」

　　三天後的晚上，又晴吃不下飯，正在房裡休息，看到澄卉突然來訪，十分驚訝。

　　「咦，妳怎麼來了？」

　　「洛伊跟我說了妳的事，妳這幾天無精打采，也沒胃口吃飯，問我該怎麼辦。所以，一吃完飯，我就過來看看。」

　　「真是的，她怎麼把事情說出去了？」

　　「妳別怪她，和彥交代過她，有事可以找我商量，況且，她很擔心妳。妳現在這樣說，才更見外！」

　　「我懂，只是我不喜歡自己生病的樣子，麻煩家人已夠難為晴了，更別說還要麻煩妳。」

　　「沒事。這碗當歸湯喝起來不燥熱，妳先趁熱喝點湯，吃點麵也好。」

澄卉拉著又晴往書桌移動，見她開始喝湯，瞧見一旁的聖經。

「是妳婆婆送的禮物？可以讓我看一下？」

「當然，沒問題。」

翻開聖經，內頁用了不同顏色標示，一旁的鉛筆字跡是凱特加上的註解，澄卉一邊讀著，一邊看著又晴，等她吃得差不多時，將聖經推到她面前，指著上面的經文。

「從認識妳開始，妳一直習慣把事情全攬在身上，不願讓人看到妳的軟弱，深怕一旦示弱，會失去妳在意的東西。」

她提及過往，又晴與莊立予分手後，害怕同時會失去澄卉的友誼，乾脆先提搬出去的事。

「還好，妳讓我覺得受到重視，沒有要我搬走，才沒有讓我造成遺憾。」

「如今，妳不願讓家人看到妳的軟弱，不願接受幫助，只是害怕失去妳在他們心中的堅強模樣。」

又晴低頭，沒有答話。

「我只想說，妳婆婆是最好的典範，她不僅坦承自己的軟弱，將一切交給神，即使面對病痛，依舊充滿信心與盼望。」

聽著澄卉的分享，又晴眼眶不自覺泛起淚水。

「要不是她在罹癌後，讓家人看到自己的軟弱，就無法重新貼近神，更無法走過化療的折磨，持續活著，離去前還留下這份禮物給妳。我覺得，她展現了真正的堅強。」

「妳戳中了重點。」

「如果願意，妳也可以選擇放下懼怕，相信神會看顧妳

的一切。」

　採納澄卉的建議，又晴在休養之際，會開始抽空翻閱聖經，思考神的話語，逐漸能接納家人適時的協助。

　兩個星期過後，身體狀況好轉，她也會在周日抽空去教會，並鼓勵仲玉一同前往，卻遭來喬尼的質疑。

　「謝謝你這陣子的幫忙，大老遠飛來，沒機會帶你去各地旅遊，還承擔這麼多瑣事。」

　臨睡前，又晴向喬尼表達謝意。

　「別這樣說，都是生活中必要的事。倒是我不明白，為何在妳身體好轉後，我們相處時間卻變少了？妳常關在房裡讀聖經，連周日都去教會？」

　「你不是不介意澄卉邀我出去？你應該記得，我是相信神的。」

　「我當然不介意妳們出去，我也尊重妳相信神。就算如此，我們還是夫妻。以往每晚妳都會跟我聊天，睡前也常會一起看影片，現在妳的空餘時間幾乎都給了聖經，是不是根本忘了身旁的我？」

　喬尼憶起小時候，在約克看到教友全心著迷的樣子，不希望又晴也變成這樣。

　「別急，讓我先跟你分享一件重要的事，再回答你的問題。」

　「你記得四年前，我回台灣當天，洛伊被中學同學欺凌的事嗎？」

第三部　翻轉

喬尼點頭。

「洛伊從沒跟我提過，直到前一陣子，她才告訴我。你應該也知道這回事，因為她請你替她保密。」

他再次點頭。

「當時，我聽到洛伊受到霸凌，腦海中浮現的全是我小時候發生的事。只是，我太害怕了，一直把事情擱在心裡，沒有跟任何人提過。」

「為什麼？是不是擔心一旦說出口，不是妳期待的反應？」

「的確如此。我很在意別人的看法，沒能說出口，也因此累積多年的不安，反而作繭自縛，困住自己。」

「既然這樣，為何現在願意說出來？」

「因為洛伊的分享，讓我明白把事情說出來也許是好的，先面對自己的軟弱，才能逐漸走出困境。」

她開始陳述，一想起來，仍舊歷歷在目的往事。

「十歲那年，我常趁周末假日去公園玩耍。有一天，從同學家回來，走向公園時，經過一條無人巷口，迎面走來三個比我高大的男生，突然攔住我，一把扯住我的辮子，說我是頭髮泛黃的醜丫頭，根本毫不起眼，竟然敢綁起辮子，還裝可愛。」

「我完全嚇壞了，全身動彈不得，愣在原地，不知該怎麼辦。」

「接著，其中有個男生，用雙手沾滿一旁草地上的濕軟泥土，直接抹在我的裙子上，笑說剛好搭配泛黃的頭髮。另

外兩個男生，分別用力扭著我的左右耳，見我痛到哭出來，哈哈大笑後才離開。」

受到陌生人欺負，她一句話也不敢回，等他們走遠，才用手帕把泥土抹掉，整理完頭髮才回家。

一到家，她快速衝回房間，立刻換掉衣服，偷偷跑去浴室，小心翼翼清洗掉裙子上的污痕。之後才裝作沒事，出現在家人面前。

「那天過後，只要去公園，我會刻意繞遠路，避開那條巷道。而且，一看到男生向我走來，或不得不擦身而過時，我也會相當謹慎，不再讓自己受到騷擾。」

儘管如此，她一直無法忘掉他們惡作劇的嘲笑，以及臉上出現的不屑神情。甚至後來，她幾乎改穿褲裝出門，並想盡辦法，一律避開任何男生的目光。

這件事的影響一直沒有停止，自峻杭走後，不管校內校外，她都與男生保持一定距離，特別是向她示好的人。只要一點風吹草動，她一貫的反應就是全副武裝，拒絕讓人靠近。

「原來是這樣。」

「然而，我沒想到，洛伊會遇到比我更為艱難的情況，而她卻如此勇敢，一個人徒手擊退兩個人。」

一方面，她替洛伊感到自豪，懂得如何自保，不會任人隨意欺凌。另一方面，她更覺得汗顏，跟洛伊相比，簡直天壤之別，自嘆不如。

「我心想，要是同樣的事情發生在我身上，後果一定不堪設想。」

第三部 翻轉

「我一直認為我不夠能幹，也不夠勇敢，小時候受到欺負，不懂反擊，只會躲起來哭。這樣的記憶讓我感到痛苦，也覺得難堪。」

她的自我認知，加上峻杭發生意外後的悲痛，只感到人生的無奈，甚至無常。這一秒也許快樂，下一秒卻是苦痛來臨。所以，她把課業與工作當成生活重心，學習堅強以對，甚至到了英國，結婚生子，依舊如此。

「可是，這樣一昧的堅強卻變成逞強，像是非要洛伊學琴，非要生第二胎卻兩度流產與子宮外孕，甚至四年前，堅決拒絕帶洛伊回來，都是我的逞強造成的。」

「所以？」

「直到澄卉告訴我，完全接納自己的軟弱，並不是件可恥的事，而且，也不用感到害怕，因為有神在，可以將一切的煩惱告訴祂，請祂幫助。」

她望著喬尼，指出關鍵。

「以前我總覺得人生很苦，很多事只能靠自己孤軍奮戰。現在，因為有神可以依靠，我開始覺得很平安。」

因此，她也明白自己與洛伊的不同，兩人雖是母女，也是獨立個體。不須因彼此差異，感到自卑或不足。重點是，每個人都有保護自己的義務，不讓他人任意欺凌，更不該隨意自我貶低。

「這點我很認同。不過，即使人生辛苦，也有我們值得擁有的幸福。我想起很久以前，妳提到一位前男友無法諒解妳照顧妳奶奶的事，提出分手。妳還記得，當時妳說的話？」

「不太記得了，你說說看，說不定會讓我想起來。」

「妳說我一定覺得妳很可笑，他緊追妳三個月，後來用一張卡片把妳甩了。」

「嗯，我有印象。我記得你是支持我的。」

「沒錯。我對妳的看法始終沒變，仍舊覺得妳很棒。我很開心妳選擇說出口，代表妳終於讓傷痛過去了。不管妳曾是受到欺負只會哭泣的小女生，到後來變成堅強的女人，包括現在願意面對軟弱，我都喜歡妳。我希望，妳也喜歡自己。」

「我會的。謝謝你把想法告訴我，之前沒留意因為讀經忽略了你，我會調整的。畢竟，當個好老婆也很重要。這是我的回答。」

「以妳的身體為優先考量，別再突然昏倒，把我嚇壞了。」喬尼伸出雙臂，緊緊擁抱著她。

她露出笑顏，同樣伸出雙臂擁抱對方。

7.

經過一陣子的居家靜養，原本以為又晴已恢復正常，五天後的下午，她才從二樓走下來，覺得頭暈，胸口沉悶，不舒服的感覺再次浮現，比上次更為難受，隨即昏倒在地，失去意識。

有過一次經驗，喬尼見狀，動作迅速，立即讓洛伊先叫救護車，並替她施行心肺復甦術，隨後陪同送醫。

「爸，媽怎麼樣了？醫生怎麼說？」

第三部 翻轉

「情況很嚴重，決定讓她留院檢查，準備進行手術。」

不久，喬尼來電，經過一連串的詳細檢查，昏倒的原因是陣發性心律不整，幸好，他先進行心肺復甦術，緊急送醫急救，雖不至於差點丟了命，仍需要觀察。

「差點丟了命？太可怕了！」

「醫生建議施行心導管電氣灼燒手術，可以治療心律不整，今天安排她先入院檢查，等明天下午進行手術。」

「手術後就會康復？」

「應該是。不少病患長年來的心悸問題，在施行手術後都獲得改善。」

「需不需要我過去陪媽？畢竟還要住院。」

「別擔心，醫護人員都很熱心，如果有任何需要，我再通知妳。」

「妳醒啦？現在覺得如何？」

望著病床上沉思的又晴，喬尼開口。

「好多了，我想回家。」

「今天先住院檢查，等手術完，檢查沒問題後就能回家。」

「一定要做手術嗎？要是手術失敗的話，會不會從此就見不到你了？我才五十歲，還不想死，還想一起回去英國。而且，我很害怕會跟我爸一樣，沒跟家人說再見就走了。」

「沒問題的，妳別多想，醫生說手術很安全，你會見到我的。」

「我的心悸是老毛病，之前也看過醫生，以為改善不少，你看，還不是一樣，算了。」

「怎能算了？之前沒有改善，不代表之後不會改善。不試怎麼知道？而且是很安全的手術，又是在妳的國家。妳不是常說，台灣的醫療很棒？放心交給醫生吧！」

術後隔天從醫院返家，恢復期大約兩個星期。又晴心臟的情況改善許多，也將以往常困擾她的心悸問題根除，只是她偶而仍覺得胸口悶，不容易入睡，胡思亂想的情況也開始出現。

回診後，醫生仍建議她留意自律神經失調，要是不徹底調整生活作息，包括飲食上的改善，尤其是減少過度飲用的咖啡與茶，多少仍會影響身心。

相較於化療情況穩定的仲玉，洛伊看著經歷兩次昏倒，緊急做手術，仍是悶悶不樂的又晴，感到憂心。聽了和彥的建議，她決定採納，把心情一五一十地告知喬尼，商量對策。

「爸，不是說手術順利，會對心臟的情況有所改善？」

「是啊，至少沒有心悸的問題。」

「如果這樣，媽應該高興才是，怎麼還是一臉的不開心？」

「我也很納悶，照理說，解決掉多年的煩惱，不該出現這樣的反應。」

「手術前，媽有提到什麼？」

「她擔心手術會失敗，說還不想死，害怕會跟妳外公一樣，沒跟家人說再見，一聲不響就走了。」

「跟我猜的差不多，這應該就是原因。」

透過與和彥的討論，洛伊歸納出彼此母親的差異。

同樣是在念書階段失去父親，澄卉因此更能體諒母親的辛苦，確定教職為目標，不僅盡全力去實現，至今仍是樂在其中。

反觀又晴，父親的離世對她造成巨大傷痛與孤單，即使堅持音樂，走向教職，仍是造成無形壓力，包括提前退休的決定，因為她心裡一直存著恐懼的陰影。

一旁的喬尼，想起又晴，童年時受到三個陌生男孩的聯手欺負，只會選擇壓抑，經過漫長歲月，才首度向他陳述事件始末。

「爸，我有個建議，應該有用，只是需要你的協助。」

「妳說。要是能改善情況，我可以一試。」

洛伊走近喬尼，提到又晴第一次昏倒送醫那天，和彥去英國之前，要她答應禱告的事。

「妳要我一起禱告，請神協助妳媽，放下無謂的恐懼，讓她恢復活力？這是什麼建議，有用嗎？我跟妳媽又不是基督徒。」

「和彥要我禱告時，我也對他說出一樣的話。」

從和彥回英國後，兩人每天問候，保持聯絡，但畢竟相隔千里，兩地的時差配合，加上和彥需要心無旁鶩完成論文，洛伊仍不時感到失落。

當她因思念對方感到孤單，情緒開始起伏不定時，想起她答應的事，便先讓自己冷靜，把心中難受與煩躁的心情都說給神聽，向神禱告，賜給她平靜，克服內心的寂寞煎熬。

持續幾星期下來，她發覺心情穩定許多，就算仍是思念

和彥時，也不再如一開始那樣難捱，反而更多了堅定的自信，明白兩人的分離只是暫時必經的過程，不僅強化她對彼此的信賴，也更願意繼續相互支持。

同時，她透過禱告，將未來規劃的猶豫告知神，並認真考慮升學的方向，也開始進行規劃。有空時，和彥也會跟她分享經文，透過討論，更了解彼此的看法。

然而，和彥從未強迫要求洛伊，非得成為基督徒不可，完全尊重她的選擇。

「是嗎？這樣很好，從妳飛來這裡之後，我一直沒聽妳提起升學的事，還以為妳早已放棄了。」

「因為和彥的解釋，我才明白神的愛，是給每個願意相信祂，並向祂尋求幫助的人。即使不是基督徒，在面對困難感覺無助，仍可透過真心禱告，請神協助，克服難關。」

她最開心的，是感受自己從不安的情緒轉換到平靜的自信，不光願意更用心維繫與和彥的感情，也能仔細篩選未來就讀的科目。

而且，她看見澄卉與和彥母子倆全心交託神的信心，不管面對逆境或順境，都能依舊歡喜，接納面對，讓她相當震撼。

「我明白妳的感受，倒不如把這些話直接對妳媽說就好，她常去教會，也會讀經。為何還需要由我來禱告？」

面對喬尼的質疑，洛伊沒有答話，從手提袋裡，拿出兩顆梅糖，放在喬尼的手心上。

「爸，記得梅糖吧？還有黎家與梁家之間，因梅糖、梅

第三部 翻轉

子醬與梅片串聯在一起的故事?」

「記得。」

「當初,是外婆因為喜歡梅糖,單純分享出去,才緊緊串起兩家的緣分,甚至到撮合我跟和彥。同樣地,我也想起奶奶,就算她知道你不相信神,她仍對我說,神很愛我。奶奶還把聖經留給媽,你應該不知道吧?」

「真的嗎?我不知道,應該是私下給的。」

「那本聖經跟著媽一起來台灣,在房間的書桌角落,你有空可以去翻閱,上面有奶奶給的祝福與字跡。」

「是喔?」

「我很喜歡外婆與奶奶,她們都有顆慷慨的心,願意與人分享,把獲得的祝福傳遞出去。而我們呢?我們可是在媽身邊,跟她相處最久又最親的家人。如果我們此時不幫她,還有誰能幫她?」

儘管明白又晴開始接觸教會,不時讀經,但洛伊以為,她並未經歷深刻不移的信仰體驗,加上手術後,身體正在調養,即使手術順利,心裡卻抱持懷疑,仍陷在恐懼裡。要是喬尼願意一同為她禱告,一定會帶來雙倍的效果。

她很慶幸,因為和彥的引導與分享,因為在意雙方,因為相愛與珍惜,她才有機會透過禱告,增強自信面對一切,包括此刻與喬尼進行的溝通。

「這是和彥昨天傳給我的經文:「所以你們要彼此認罪,互相代求,使你們可以得醫治。義人祈禱所發的力量是大有功效的。」(雅各書五:16)

「而且，我希望媽也能感受幸福，因為有你在她身邊。」

「我明白妳的意思。我得仔細想想，這方法是否可行。」

「爸，我相信你會做出決定的。對了，我把奶奶的祝福也轉送給你，我相信很愛我的神也很愛你。」

洛伊的侃侃而談，雖讓喬尼半信半疑，但仔細回想，確實看見她最近的轉變。

打從和彥回去英國，她常會一整天心不在焉，那時，他能體會那是因和彥不在身邊而造成的相思之苦。後來，他也的確看到洛伊展露往日笑臉，不再眉頭深鎖。

當時，他還想不透，是不是遇到什麼好事，才讓洛伊不再終日困在相思的苦惱中，從沒想過竟是對神禱告。

不僅如此，提到又晴時，洛伊的成熟穩重也讓他大感意外。說起話來，頭頭是道，包括提到神的篤定神情，讓他不自覺聯想起凱特。

只是他更沒料到，接下來發生的事。

兩天後，他一早起來，想起昨晚做的夢，只覺得不可思議。等仲玉與又晴睡午覺時，他獨自把這件事告訴洛伊。

「妳一定猜不到，昨晚我夢見我媽跟外婆。」

「是嗎？發生什麼事？」

「我夢到我在約克的教堂，裡面只有我一個人。她們倆都站在我面前，微笑看著我，跟我說神很愛我，她們也很愛我。那一瞬間，兩人身上竟發出強烈光芒，我覺得很溫暖，內心充滿感動，淚流不止。」

第三部　翻轉

　　因為這場夢，才讓喬尼想起小時候，薇拉與凱特帶他去教會的記憶。

　　當牧師在講道時，他不僅注意到有教徒在打瞌睡，還發現好幾個教徒，聚會時露出一副崇敬的模樣，一踏出門外，竟聚集在角落閒言閒語，對牧師嫌東嫌西。他聽了覺得錯愕氣憤，對他們的表裡不一留下不良印象。

　　「爸，雖然我只見過奶奶，我想她跟她媽媽都是很虔誠，又言行合一的教徒。」

　　「妳沒說錯。這是我一直以來的疏忽。」

　　喬尼坦承，因為那些不良印象太過深刻，加上他在學校，遇到不少基督徒的同學，對他們說一套做一套的行為實在無法認同，相處久了更是大打折扣，加深他對信仰的質疑，決定不再相信放任人類胡作非為的神。

　　「我要謝謝妳的建言，因為我完全忘記身旁的兩位基督徒，我媽跟外婆。她們言行合一，總是大方承認錯誤，盡全力做好本分的事，是我的最佳典範。」

　　「而且，我竟然把人犯的錯，全歸咎在神的身上，妳看，我不也犯下多大的錯誤。」

　　他坦承自己多年來，全因偏見造成對神的誤解，事隔多年，他曉得只要身為人，優缺點是必然的，光明面與黑暗面是互存在人性裡的事實。

　　然而，親眼見到洛伊的轉變，才讓一切得以翻轉。

　　他體會到，信仰並不是把人們變成完美無缺，而是懂得謙卑感恩，檢討自己作為，並樂意付出。最大的神蹟，在於

人願意悔改。

「哇，想不到這個夢，讓你重新體悟，修正想法。所以，你現在相信神了？」

「我不是現在相信神，而是神透過妳，喚起我藏在內心深處對祂的記憶，終於願意承認傲慢抗拒的自己，找回一開始就相信祂的我。」

喬尼伸出手，輕撫洛伊的頭：「妳的話讓我看見神的愛，明白妳是對的，神的確很愛我。『信就是所望之事的實底，是未見之事的確據。』(希伯來書十一：1)」

聽喬尼引用經文，洛伊笑起來：「原來，你讀了奶奶的聖經？肯定接受我的建議啦！」

喬尼點頭，露齒而笑：「沒錯。這是我們父女倆的約定。」

8.

五月中旬，天氣漸暖，又晴已開始參與家務的分配，至於喬尼，仍堅持由他與洛伊輪流陪伴仲玉，負責外出購物與準備飯菜。

即使沒有人知道喬尼與洛伊的約定，周遭親朋倒是透過互動，逐漸感受他的改變，首先察覺的是仲玉。

從去年因意外摔倒，得知罹患胃癌，開刀動手術，到如今穩定的化療過程，即使承受一連串的病痛到來，她始終感到欣慰，不光是內心牽掛的又晴在旁，更開心迎接多年未見的洛伊與喬尼。

第三部　翻轉

連續兩次，目睹又晴在家昏倒，她仍是心有餘悸，不希望重演失去峻杭的悲戚。幸好，因為喬尼及時處置，沒有造成任何遺憾。

自從喬尼承接家務與三餐後，兩人的互動次數也相對增加，聊起話來更是相當自在。

「喬尼，你看起來氣色很好。」

「是嗎？我沒注意。」

「不知道為什麼，最近看到你每天掃地擦窗，整理庭院的樣子，總讓我覺得很舒服。」

「呵呵，媽說笑了，會不會是我最近常常微笑的關係？」

「嗯，應該是。從小晴身體出狀況後，你把大部分的時間都花在我們身上，真是辛苦你了。」

「媽，別這麼說，你們是我的家人，這些都是小事，稱不上辛苦。畢竟，誰能預料何時會生病呢？我也是因為生病，才會轉換想法飛來台灣。反正我現在沒有工作，體會與倫敦不一樣的家居生活，倒是很難能可貴的。」

「嗯，這是真的。以往相隔兩地，總要盼望多年才有機會見面。現在，從早到晚都看得到你們，就算身體不如從前，仍是讓我很開心。」

「我明白。化療可不輕鬆，以前看過我媽化療的過程，需要持續努力才行。不過，只要遵守醫生的建議，重視營養與規律生活，仍會克服的。既然我媽是個好例子，我想，妳也會平安度過的。」

「你說話的樣子，跟小伊好像。她每天見到我，要是看

到我不舒服，或沒精神時，都會鼓勵我。你放心，我會好好活下去的。」

「誰叫她是我女兒呢？哈哈。」

「要是小晴也能跟你們父女倆一樣，笑口常開就更好啦。我開刀住院時，她總是充滿活力的。好希望早點看到她再次出現那副神采。」

「媽，一切就交給我，不久之後，妳會看見的。」

仲玉看著喬尼，憶起當初她飛去約克，參加他與又晴的婚禮，親手將女兒託付給他的心情。

如今喬尼站在她面前，即使已步入中年，身材改變，皺紋浮現，明顯留下歲月的痕跡。而他臉上誠摯的眼神依舊如昔，更多出愉悅的笑容，滿是溫柔。

「嗯，就請你多照顧她。」

「媽放心，我會的。」

接下來，留意到喬尼的變化，是梁家夫妻。

周日早上，向來是喬尼與仁軒出遊的單車時光，傍晚時刻他也會依約去梁家走走。最近，考慮又晴的病況，將大部分的活動移往黎家進行。

除了常態性的泡茶、聊天與分享音樂，有時澄卉會帶食材過來，跟洛伊一起做手捲壽司與甜點，再由仁軒負責泡茶。喬尼則負責拍攝製作過程與成品，由洛伊分享給遠方的和彥，來個不經意的驚喜。

「喬尼，你越來越像個專業的家庭主夫，生活大小事都難不倒你，仁軒每次回去，都說要向你看齊。」

第三部 翻轉

「是嗎？謝謝。這都得歸功你們，常常會鼓勵我。」

「別客氣，我們也很開心。不過，肯定最高興的是又晴。」

「的確。在倫敦時，我頂多負責準備早餐，大部分的家務由她處理。要不是她目前需要調養，我也不會有機會發覺，原來做家事很有趣，熟悉生活的小技能，讓我樂在其中。」

而且，喜愛運動的喬尼，也會跟洛伊一起準備簡易的室內體操運動，帶大家活動筋骨。

「爸，你不是說，今天準備不一樣的驚喜？」

當大家享用完美味的紅豆西米露，洛伊轉向喬尼。

「當然，早就準備好了。」

喬尼一臉信心滿滿，從口袋中拿出口琴吹奏《快樂頌》，選自貝多芬的《第九號交響曲》。

「哇，喬尼，你是什麼時候學的？從來沒聽你提過，原來你會吹口琴。」

「這口琴是上周外出去超市時，路過一家樂器行時買的。聽店家說明後，才知道一點都不難。一有空閒，我會一邊聽著旋律，一邊嘗試吹奏出來。」

「是嗎？無師自通喔，太棒了，怎麼會想到這首曲子的？」

聽著仁軒的讚賞，喬尼笑著，說他每次經過客廳，看到角落擱置多年的舊鋼琴，特別是鋼琴上的琴譜，便想起與又晴的陳年往事，腦海中自然浮現這首曲子。

當初，又晴畢業獲得學位，跟他回去約克一趟，向他父母分享好消息時，她當天彈奏的就是這首曲子，隔天，兩人

便決定結婚。

「原來這首曲子，是爸跟媽的定情曲？」

「這倒不是。妳媽一直都很喜歡貝多芬的作品，這是她當時覺得開心，特別想與我們分享喜悅的曲子。」

沙發上的仲玉，同樣對洛伊補充：「嗯，沒錯，小晴小時候，妳外公陪她練琴時，常會提到貝多芬的經歷，總愛挑選他的作品當成指定練習曲。沒記錯的話，貝多芬是妳外公相當喜歡的音樂家。」

洛伊側過頭，望著又晴：「媽，妳都記得外公的叮嚀？原來還有這些浪漫的故事，好棒。」

「嗯，我都記得。說不定下次，我也可以施展一下身手，跟喬尼一起合奏一曲。」

而對喬尼的轉變，最感到訝異則是又晴。

手術後的調整階段，加上洛伊每天的耳提面命，又晴不僅減少了咖啡的攝取，睡眠品質開始改善，從一開始的不易入睡，到幾乎已能熟睡到天亮，她臉上洋溢的笑容也更頻繁出現。

兩天後的晚上，峻杭入夢，站在她身旁，微笑看著她彈奏鋼琴。

這是父女倆分隔三十六年後，第一次在夢裡相聚，一股暖流濕潤她的雙眼醒來。牆上時鐘顯示凌晨一點，她發現喬尼不在床上。

心裡覺得納悶，起身一探究竟。走出房外，瞥見隔壁的書房透出微光。她走近一看，原來是喬尼坐在書桌前，桌上

第三部 翻轉

有本聖經。

「怎麼都半夜了，你還在這裡？咦，哪來的聖經？」

「下午喝太多茶了，睡不著，起來讀經。剛禱告完，準備要去睡了。」

又晴眼睛一亮，從未聽過喬尼提及，回房後，臉上掛著滿是問號的表情。

「禱告？讀經？」

「這本聖經，是買口琴的那天，順便去書局買的，有沒有覺得很眼熟？每天我都會禱告與讀經。」

「的確很眼熟，等我一下。」她說畢，走向臥房的書桌，把凱特送的聖經取來，與喬尼的聖經相比對。

「好巧，這兩本聖經的尺寸大小，連封面顏色都很相似。」

「是啊，真的很巧。要不是洛伊告訴我，我還不知道媽把她的聖經送給妳了。我的是新版本，而且是中英對照的。」

「倒不是在意你買聖經，是我太驚訝了，你怎會突然開始禱告與讀經？發生什麼事了？」

「不是突然，是我跟洛伊的約定，只是沒有刻意讓妳知道。」

看著一臉不可置信的又晴，回到她身旁坐下，開始陳述一切始末，同時翻開手上的聖經：「你們不要憂愁，因靠耶和華而得的喜樂是你們的力量。」（**尼希米記八：10b**）

儘管神一直都在他身邊，他卻要直到聽見洛伊的建言，加上夢到薇拉與凱特，才心甘情願檢討自己，坦承多年對神的偏見，自覺慚愧並恍然大悟。

　　關於又晴接連兩次的昏倒，洛伊都看在心裡，儘管透過急救與手術，並無致命的大礙，只是她仍感受母親不時的情緒波動。在和彥的全力支持下，她決定與喬尼商量對策。

　　「你們父女倆，為了讓我恢復健康，一起替我禱告？」

　　「嗯。要不是洛伊的分享，我根本沒仔細想過，每個人的情況不同，不能一概而論，加上醫療能做的其實有限。」

　　「我想到媽說你最近氣色很好，讓她看了都感到很舒服。連澄卉也私下跟我誇獎你，說你的確是個難得一見的好老公，原來是這樣。謝謝你們父女倆替我的禱告，我覺得你跟之前不一樣了。」

　　「比起這些年，總沉浸在忙碌工作中的我，我反而喜歡現在的自己，隨時可以笑口常開。我很開心，看見妳逐漸展露笑容。也很感謝神，讓我當妳一生的依靠。」

　　「聽你說這些事，我好高興。」

　　「從明天開始，我們安排時間，一起鍛鍊身體？跟在倫敦一樣，這樣對妳的身體有益。」

　　「由你全權做主，只要你在身旁，我就能變得更好。」

　　又晴伸出雙臂抱住喬尼，問道：「你的休假也只剩一個月了，要不要回倫敦之前，真的一起來個《快樂頌》合奏？」她笑說，那天他口琴吹得真好，以後要是回去英國，說不定也能隨時來個即興合奏，夫唱婦隨。

　　「沒問題，一定可以的。」

　　喬尼同樣伸出雙臂，把她緊緊摟在懷裡，嘴角揚起，將臉靠近她的耳際，輕聲說道：「周日早上，我會調整騎腳踏車

第三部　翻轉

的時間，等我回來後，再一起去教會吧！」

9.

　　邁入六月的夏季，在飲食、運動，加上讀經與禱告多管齊下，又晴已恢復精神，並開始彈奏塵封已久的鋼琴，重溫琴藝，不時讓美妙輕快的旋律瀰漫黎家。

　　經由討論之後，三餐料理改由全體動員，每個人都能參與其中，分享料理創意巧思。

　　喬尼與又晴除了約好一起運動，睡前也會花時間分享，討論生活點滴，並一起讀經禱告。兩人之間互動，比以往更來得和諧親密。

　　至於仲玉，也改由喬尼與又晴輪流，安排時間陪伴散步，好讓洛伊有更多私人時間，專心準備未來方向。

　　經過幾個月下來的化療，定期回診，胃癌術後的病況已控制得當，腫瘤沒有擴散跡象，讓全家人更加寬心。

　　這天，天氣晴朗，她抬頭望著牆上與峻杭的合照，閃過念頭，午餐後邀了又晴前往舊地小遊，當成母女倆的悠閒半日遊。

　　兩人先到東門圓環，沿著護城河步行，經過竹塹城迎曦門，再往親水公園走去，最後在河畔旁的長椅坐著，享受微風吹拂。陽光映照在河面上，波光粼粼的舒暢感，喚起兩人多年前的回憶。

　　「小晴，妳有印象嗎？當年同樣是夏天，妳爸剛買了單

眼相機,帶我們全家人一起來此地拍照,逗留一整個下午,拍了許多令他滿意的照片。」

「嗯,我記得。為了讓爸開心拍照,妳還特意穿件水藍色碎花洋裝。爸一邊拍照,一邊稱讚,說妳是他專屬,最美麗也最上相的模特兒。」

「呵呵,是嗎?都過了好幾十年,我都忘了當時的模樣。倒是那件洋裝,是妳爸特別請朋友訂做,送給我的生日禮物,慶祝我決定辭去工作,成為全職家庭主婦的開始。」

「我的印象中,媽有好幾款不同顏色花樣的洋裝,不管素面的,還是碎花的,每次只要外出,光看著媽擺姿勢讓爸拍照時,我最開心,因為我有個漂亮的媽媽。」

「哎呀,我不再漂亮啦,一晃眼,現在可是滿頭白髮的老太婆。」

「即使如此,妳依舊是我心中最美的媽媽。」

她說畢,不忘提醒仲玉微笑,在河畔拍了不少合照。

「小晴,看妳現在恢復精神奕奕,充滿活力的樣子,我很開心。」

「我也是,這全是喬尼與洛伊的功勞。」

「嗯。記得無論何時,都要好好珍惜身邊的家人。」

「我會的,媽是我的好榜樣。」

「既然我的病情穩定,我想,妳是不是該回英國啦?」

「哈哈,媽,妳不要我陪妳?準備趕我走?」

聽見仲玉的問話,又晴像個小孩般,霎時冒出話來。

「不用問也知道,我怎麼可能不要妳陪,還要趕妳走?

第三部 翻轉

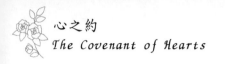

說什麼傻話。」

「我開玩笑的，可是我捨不得妳！一旦回去後，不知道何時會回來。」

「我懂。但生活還是要過，你也不能老待在這裡。不如我們做個約定，一起努力活著。況且，妳現在退休了，時間比較彈性，至少縮短成一年左右回來一次，這樣如何？」

「嗯，我答應妳，既然退休了，我會安排時間，有空就回來看妳。」

「那好，我也會照顧好身體，等妳回來看我。這樣，可以放心了嗎？」

「嗯，放心了。」

喬尼的休假也即將結束，六月底要回公司，目前也在考慮，要繼續原來工作，還是履行辭職的打算。

「如果是六月底，只剩兩個半星期了，訂機票了嗎？」

「還沒，我們在等洛伊的決定。」

五個月前，洛伊決定飛來台灣時，她心裡知道，這趟旅程很重要，不單是前來探望思念已久的仲玉，更是為了找尋適合她的人生方向。

從小開始，洛伊便能感受自己的個人特質，不同於周遭其他英國當地的小孩，特別是她對中華文化的偏好。

跟同樣是中英混血兒的凱特一樣，洛伊在意的自我成就，不是為了獲得眾人聚焦的眼光，而是將夢想徹底實現，獲得家人的全力支持。

尤其是四年前，受到曼蒂與布萊恩的欺凌，帶來的後續

影響。

　　儘管當時，她因無法前來台灣，內心滿是沮喪，但事件瞬間發生，她雖毫無預警，卻透過機智與勇氣，妥善運用又宸之前傳授的防身技巧，擊退襲擊。

　　那份勇於反擊，捍衛自己的力量，一直在她內心醞釀。四年後，她一人前來台灣，消弭她與又晴之間存在多年的疙瘩，並意外開啟另一道門，決意帶著滿腔熱情與信心，走上專屬她的夢想之路。

　　「我的決定是繼續升學，目標是餐旅管理科系。不過，就讀的地點不在英國，而在台灣。」

　　午餐過後，在客廳閒聊的喬尼與又晴，聽見她走來說的話，嚇了一跳，連一旁的仲玉也十分訝異。

　　「進大學念書是因我喜歡料理，希望結合理念與實務，培養一技之長，全心全意把這件事做好。而且，畢業後進入職場，也能憑實力當個專業料理人，不會因年紀受到太多影響。」

　　待在黎家好幾個月，這段期間經歷的一切，讓她體認到人生有許多意料不到的事，特別在面對困難與挑戰時，只要稍不留意，容易受不安與疑惑影響，一旦動搖時就想逃離，也想放棄。

　　「我跟和彥討論過，他支持我的決定，以後有任何需要，他都會盡力提供。」

　　最讓她滿心感謝的，是遇到和彥。透過互動，讓她反省自己的不足，並正視真正想要的人生。特別是來自他的建議，

第三部　翻轉

知道能向神的禱告，堅定熱忱，確信自己選擇的路。

「在倫敦時，料理對我來說，只是興趣之一，偶而想要嘗試，但也不是非料理不行。來台灣後，一開始，想做料理是考慮外婆的身體，想讓她吃到營養的食物，後來，卻反而促使我認真思考，料理對我的意義為何。」

她提到去年畢業後的心境，到如今一家人都在台灣，雖然花了好長一段時間反覆斟酌，才終於確認這條路，她知道自己會心甘情願，一步一步地成就。

「我知道自己很幸福，有你們在旁，加上和彥的全心支持，我不只想挑戰自我能力與創意，更希望讓更多人透過我的料理，同樣感受到幸福。」

「湯普森家的女兒長大啦，真的讓我很欣慰。老婆，妳呢？」

「我有個問題。妳覺得妳一個人有辦法處理大小事，待在這裡念書生活？這裡可不是英國，不是妳熟悉的家鄉，妳要想清楚才行。」

才剛說完，仲玉立刻插話：「『熟悉的家鄉』？小晴，有沒有覺得妳說的話似曾相識？」

「媽，什麼似曾相識？」

「我去英國參加你們的婚禮，回台灣前，我跟妳說的話：『這裡不比台灣，不是妳熟悉的家鄉。』」

「對喔，真的，想不到媽都記得！」又晴看到仲玉故作嚴肅的表情，不覺莞爾一笑。

「既然當時的妳，都能獨自一人單槍匹馬，去英國完成

學業，一畢業就決定進入婚姻，留下來生活。妳覺得，洛伊有沒有辦法跟妳一樣？況且，這裡不是只有我，還有又宸一家人，以及和彥一家人。」

「媽，我懂妳的意思。」

她點頭，向洛伊回應：「好吧，妳就放心走妳選擇的路。既然選擇了，就要堅持到底，這是唯一的條件。妳可以答應我嗎？」

「嗯，我答應妳。」

「洛伊，我相信神會引導妳，只要妳對自己的決定全權負責。需要我跟妳媽協助時，即使相隔兩地，隨時說一聲，我們永遠是妳的後盾。」

「還有，不管妳選擇在哪間大學念書，從租屋、交通與個人安全等等，只要做好萬全準備，讓我們放心。」又晴補充。

「我不會讓你們失望的。」

「當然，放假時，偶而要飛回來看我們，我會補貼妳的長程旅費。」

「爸，不用啦，我打工存錢就好，跟這次來台灣一樣。我會把自己照顧好，讓你們以我為傲的。」

喬尼笑著，臉轉向又晴：「這樣的話，是不是只要訂兩張單程票就好？我的休假即將結束了。」

「那可不行，我還要回去準備行李，也還要去見爺爺，跟朋友相聚分享我的決定。而且，我也跟和彥約好，等他課業結束，一起在英國旅行幾天。」

第三部　翻轉

「看來，妳已做好規劃，的確不用妳爸跟我操心，我們一起回家吧。」

洛伊笑說，現在已進入六月，她不打算趕著三個月後立即入學，會花時間仔細挑選學校，並準備入學相關的申請資料。

她的計畫是等和彥畢業，先待在新竹，找些與餐飲相關的工作機會，透過實際體驗，多瞭解台灣的社會與文化，隔年再進大學。

「嗯，這樣很好，妳若待在新竹，可以常陪外婆，適時提供協助。」

「是啊，我很開心。小晴，我有個建議。」

「什麼建議？」

「等你們回英國後，交由又宸跟芸之討論，把空著的書房整理一下，買個單人床與矮櫃，改成臥房，供小伊使用。」

她覺得，既然決定要來新竹，總不能一直借住曜昇的房間。不管之後她去會去哪個城市念書，至少有個屬於她的房間，放假時可以隨時回來。

「沒問題，一切由媽決定。」

又晴說完，洛伊已抱緊仲玉，開心說道：「太好啦，謝謝外婆，這樣我就有自己的房間。」

「傻孩子，妳在英國也有自己的房間。」

喬尼說完，洛伊同樣向他走來，分別抱住他與又晴：「我沒忘，只是太開心了！謝謝爸媽。」

她知道，不管是英國的湯普森家，還是台灣的黎家，兩

地的房間會等著她，隨時回來，跟她在乎的家人相聚，感受彼此的溫暖。

10.

與家人多次討論後，喬尼終於確定六月底返英的日期，訂好兩張回倫敦的單程機票。並替洛伊訂了半年期的來回機票，回程日期依情況，由她自行決定。

一家人臨行之前，周末午後，安排一場午茶聚會，又晴邀請梁家夫妻，加上難得回來的和貞，履行她提過的承諾，與喬尼搭配，一起即興演奏《快樂頌》。

倒是洛伊，初次遇見和貞，顯得落落大方。得知她在台中就讀的學校，風景優美，林蔭遍布，校內有座高聳獨特設計的教堂，洛伊相當感興趣，詢問不少校內環境與科系的相關資訊。

念會計系的和貞向來不怕生，伶俐健談，終於見到雙親與兄長口中，經常誇不絕口的洛伊，同樣開心，兩人暢談甚歡。對洛伊的好感，一點也不亞於遠在英國的和彥。

「洛伊，我想，我哥應該希望妳留在北部念書，兩人見面也比較方便。」

「不用擔心，和彥跟我說過，尊重我的選擇。」

「這樣就好，我在台中待了三年，對中部學校的環境比較熟悉，可以先替妳蒐集一些資料，等妳回去英國時，方便跟他討論。」

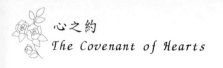

「太好了，謝謝妳。」

又晴的目光一直停在眼前的兩位女孩身上，聽到和貞對洛伊的邀約，等她回來台灣後，兩人可以一起安排出遊的計畫。不禁想起當初，也曾跟澄卉度過類似的經驗，偶而課餘時，會去近郊走走，休憩放鬆的求學時光。

「真想不到，洛伊會決定來台灣念大學。她真是與眾不同，看見台灣的特點。」澄卉走近她身邊，開口說道。

「是啊，最大的因素是來自和彥。」

「愛情的魔力很大，他們兩人相當契合，無話不談，自然會受到彼此良性的影響。我們不也一樣，一起走過的青春歲月，想起來仍是百種滋味。」

「有件事，還是想請妳幫個忙。」

「跟洛伊有關嗎？」

「嗯。雖然她現在心思成熟很多，終究也只是個十八歲的女生。一想到她以後一個人來這裡生活念書，喬尼跟我都不在她身邊，要是有任何狀況，仍想麻煩妳多加留意，替我們照顧她。」

「妳沒看見妳女兒相當有魅力？仁軒跟我都很喜歡她，連我們家的女兒，超級有個性，不愛搭理人的和貞也喜歡她。放一百二十個心啦，到時候，和彥也在，我相信她在這裡會過得很開心。」

「我知道，她一直是如此。身為母親，還是會捨不得。」

「我明白，妳去英國念書時，伯母肯定也是如此。」澄卉握住又晴的手，笑著回應：「今後，洛伊有我們兩家給的雙

份祝福，不會有事的。反而是你們夫妻倆，孩子不在身邊，要互相照顧彼此，調整重心。」

「我懂，妳跟仁軒，就是我們的最佳榜樣。」

望著正在下棋的又宸與仁軒，一旁準備飲料的芸之，跟仲玉分享笑話的喬尼，她不覺莞爾一笑，伸手拿起桌上的一包梅片，倒出好幾片在澄卉手心：「有神的恩典，我們會幸福的。」

兩周後的早晨，喬尼一家人平安抵達倫敦。走出機場，眼前出現湛藍無雲的天空，燦爛無比的陽光，三個人輪流對看彼此，異口同聲：「我們回來啦！」

調整時差，休息整整一天，一家人的生活步調開始恢復如昔。

好幾個星期的思索，喬尼隔天前往公司，向上司告知他的最後決定，毫不遲疑地遞出辭呈，順利完成職務上的交接工作。

比起上司滿臉的惋惜，他心中滿是感謝，因為在飛離台灣的前一晚，獲得又晴全然的諒解與支持。

「回去倫敦後，我會辭掉工作，再考慮轉換其他跑道。」

「沒問題，決定了就好。」

聽見她迅速回答，他一度感到納悶，以為聽錯了，連忙再次確認：「妳不訝異？也不問我原因？我以為妳會要我仔細考慮，再做決定。」

「這些年來，你老愛把工作掛在嘴上，偶而與鄰居聊天，

第三部　翻轉

話題全是工作的成就。但是，這陣子的你，每天一副心滿意足的樣子，包括陪媽聊天，跟又宸下棋，你都怡然自得。我想，你應該早有答案了。」

「妳說得沒錯，從得到顏面神經麻痺，到來這裡，看到媽的努力，克服化療的不舒服，洛伊的成長，還有妳的昏倒等等，讓我感觸很深。」

「我明白。」

「年輕時盡全力工作是應該的，但是，中年過後就需要調整，以身體為優先考量。妳應該沒忘記吧？去年我是如何勸妳辭職的，如今換成我，也該身體力行。」

「當然記得，因為你的提醒，持續陳述分析，我才會點頭決定退休。」

「呵呵，的確如此。不光如此，我還私自決定兩件事。」

前幾天，當洛伊說出她想在台灣念書的決定時，他看到的不僅是她臉上呈現的喜悅，還有她眼裡閃耀的自信。那一刻，一股感動觸及他的內心，瞬間明白心裡的渴望。晚上與神禱告後，他更確定自己，想去實現的渴望。

「第一件事，辭職後，先回去約克，在離老家不遠的地方買棟房屋，搬回去生活與工作。第二件事，搬回去後，去教會參加聚會，安排受洗，成為基督徒。」

又晴沒有立刻回應，反倒提問：「你記不記得，半年前，我飛來台灣的前一晚，我們臨睡前的爭執？」

「當然，妳氣我出差，把妳要回來台灣的事都忘了。」

「時間過得好快，明天就要回英國了。你已不再是當時

的你，我也不再是當時的我。不知道你有沒有發現，我們現在很少爭執了。」

「是啊，因為我們明白夫妻彼此相愛，彼此尊重的道理。」喬尼臉上出現一抹微笑。

「第一次去約克時，媽曾對我說，你的名字代表的含意是『神的禮物』，所以，兩件事我都贊成，只要你覺得開心，我就開心。」

理由有兩個。一個是她也喜歡待在約克，完全不介意搬離繁華又緊湊步調的倫敦生活，回到當初喬尼向她求婚的城市。

另一個理由，是她更喜歡眼前的喬尼，充滿自信又活力十足。不光是享受平淡的家居生活，或是面對難題時的果斷處理，都讓她看到，從他眼中散發的光采。

「原來我的名字含意是『神的禮物』啊？媽從沒跟我說過，謝謝妳告訴我，很感謝擁有這個名字。」

「回去約克時，我也會跟你一起受洗，成為神的兒女。我相信，洛伊的答案也是一樣。」

一周後回去約克，探望久違的馬修，分享半年來在台灣發生的一切，同時安排時間，仔細挑選住屋地點。

「爸，水餃好吃嗎？」

「嗯，很好吃。我常想起妳以前來的時候，常會包水餃吃，沒想到，一等就過了半年。」

「爺爺，這些水餃可不是媽包的，是我包的。而且，三

第三部　翻轉

道小菜，雖然有參考爸媽的意見，也全是出自我的手藝。」

「全是妳做的？太棒了，看來妳跟妳奶奶一樣，有做菜的天賦。」

洛伊看見馬修臉上的驚訝表情，不覺開心大笑起來。

「如果這樣，要是我選擇跟奶奶類似的路，爺爺會支持嗎？我打算去台灣念書！」

「那有什麼關係，妳媽不就是從台灣來的。英國和台灣都是妳的家，我當然支持妳，今天的水餃與小菜就是最佳證明。」

「爺爺，不只是我，爸爸也是，需要你的全心支持。」

她向馬修陳述，喬尼決定在她去台灣之前，一家人決定搬回約克，轉換跑道。

「兒子，這真是好消息。等了這麼多年，終於盼到你們回來。你媽在天上，肯定感到開心。」

原來當初，湯普森家舉行完婚禮，在又晴帶著仲玉出遊之際，馬修與凱特曾向喬尼提過友人湯姆。

當時，湯姆的公司裡正欠缺電腦方面的人才，希望喬尼前往一試，加上公司規模不大，晉升經理與培訓下屬的機會，遠比倫敦的公司來得多。

「怎麼從沒聽你提過？聽起來，當初爸媽介紹的那份工作，應該很適合你。」

「當時我們才剛結婚，自然覺得留在倫敦是最好的選擇。大都市裡的人才多，競爭也多，能夠證明自己的實力，跟待在熟悉的家鄉工作，兩者是截然不同的。如今回想起來，或

許不一定是對的。」

「兒子，凡事沒有絕對的對錯，一切都是人生的際遇。」

馬修表示，許多年來，凱特只要提到這件往事，總覺得可惜。馬修倒是不介意，也許有一天時間到了，說不定神會帶他們回來，要她別太在意。

「神？為什麼？爸，我一直以為你不相信神。」

「我不相信神？誰說的？我不記得我有這樣說過。」

「可是，外婆跟媽去教會時，從來沒看你一起去過，也沒聽你說提過神的事。」

「沒去參加教會的聚會，不代表我否定神的存在。我一直都相信神，只是我比較與眾不同，覺得信仰是我跟神的事，也沒有特意想要成為基督徒，只要你媽認同就夠了。」

「原來如此。」

「你還記得，你媽動完乳癌手術後，你特意回來陪她的事嗎？」

「當然。」

「自從她重新開始每天三次的謝餐禱告，加上每晚專注的讀經，倒是影響了我，後來，我也開始讀經。」

馬修起身，從書櫃上取來聖經，擺在喬尼面前。

「所以，爸，你現在是基督徒了？」喬尼抬頭，瞥見牆上懸掛的木刻十字架。

「沒錯，我在你媽離世之前受洗的，是我送給她的禮物，讓她可以放心回天父身邊。倒是你，現在才發現？呵呵。」

馬修詼諧的語氣，讓他頓時開懷大笑：「爸，這樣的話，

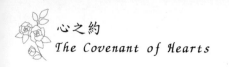
你肯定會很開心知道，等我們搬回來之後，也會跟你一樣，成為神的兒女。」

「的確，我很開心，以後可以一起去教會啦！」

倒是兩年前湯姆退休，把公司交由兒子杭特掌管，馬修覺得，喬尼不妨可以聯絡詢問，說不定有合適的工作機會。

「謝謝爸。原來繞了好一大圈，我們一家人跟神的關聯竟然如此深。」

「沒錯，一切都是神最好的安排。」

一家人望著彼此臉上的笑容，感受緊緊牽繫的情分。

尾聲

你們要彼此相愛，像我愛你們一樣；這就是我的命令。

——約翰福音十五：12

　　一周後，喬尼看中離老家只隔兩條街，格局寬敞、採光良好，舒適宜人的兩層樓房，透過仲介簽約買下。晚餐後，他透過馬修的引薦，與湯姆相約，隔天下午碰面喝杯茶。

　　「喬尼，終於再次見面了。上次見面，是你結婚的時候。」

　　「是啊，過了好多年了。」

　　湯姆是凱特的高中同學兼老主顧，常到她任職的餐廳用餐，曾聽她聊起，喬尼在倫敦從事電子資訊方面的工作，才會提出職缺一事。

　　「聽你爸說，你準備搬回約克？」

　　「嗯，年紀大了，小孩也大了，畢竟在倫敦待很久，該回來了。不僅有空陪伴我爸，也希望找到合適工作，貢獻所長。想聽聽你的意見，當作參考。」

　　「你問對人啦！」

　　自從退休後，湯姆已把公司交給兒子管理。不過，忙慣了的他，無法享受悠閒無事一身輕的退休生活，因此，他跟幾個朋友一起在社區當義工。

　　郊區有間機構與科技公司協力合作，開設電腦資訊與才藝課程，特別針對中低收入家庭的小孩。該家科技公司正在找尋工程師，來負責程式研究開發，偶而還需要擔任兼職教師，提供一般的教學課程，包括線上課程。

　　「除了持續你的本行，想不想跟你爸一樣，也當個有熱忱負責的老師？」

　　喬尼從沒忘記，想跟馬修一樣，當個高中數學老師，是他從小的心願。上大學後，發現自己更喜歡程式分析帶來的

成就感，最後選擇從事電腦工程師。

「如果能有機會，把多年的經驗傳授出去，我很樂意。」

「太好了，我回去整理一下，再把資料提供給你，可以投履歷一試。」

他也問起湯姆，是否有音樂方面的職缺，提及又晴在倫敦擔任音樂老師多年。

「音樂的職缺雖不多，但仍舊可以寄履歷一試。倒是我聽說，你爸所屬的教會正在徵求幾名會彈琴的事工，希望能協助聚會與活動，等我確定後，再一併告訴你。」

喬尼向對方道謝後，各自往不同的方向走去。頓時，他心中突然記得馬修說的話，一切都是神最好的安排，只覺滿心喜悅。

八月上旬，喬尼一家人遷往約克，喬尼通過面試，得到工作。先進公司培訓，等九月正式開課時，再來負責資訊教學與線上課程。

同樣地，寄出履歷一試的又晴也獲得工作機會，先負責兩堂音樂課開始。

一家三口，在馬修去的教會受洗，參與教會活動，需要時，由又晴提供音樂方面的協助。

至於洛伊，收到來自和彥傳來的好消息，論文已呈交上去，接下來，只剩成績的通知，算是已順利過關，可以畢業了。九月初，他依約前來約克相聚。

「和彥，好久不見，恭喜你完成學業。」

尾聲

「謝謝阿姨。」

又晴備妥豐盛的晚餐,除了慶祝和彥順利畢業,也替洛伊提前餞行。

兩人預計三天後,先從約克出發,前往湖區待上幾天,再到利物浦,造訪披頭四的故鄉,隨後南下到倫敦,挑幾個景點旅遊,最後搭機返回台灣,準備中旬回去替仲玉慶生。

「和彥,洛伊以後就交給你了。」

「阿姨,沒問題,妳放心。」

瞧見又晴眼眶裡打轉的淚光,洛伊立刻接話:「媽,妳可別哭出來,我只是去念書,不是要結婚!」

「我沒哭。倒是我先說明,我既然是妳的媽媽,捨不得女兒出嫁流淚是正常的,可不准妳嫌。將來妳結婚時,我一定會流很多淚的。」

喬尼隨後補充:「我可以證明,當初我們舉行婚禮那天,妳媽與外婆互望,成串淚水不斷湧出,一直流個不停。」

洛伊點頭,笑了起來。

「哇,你們看,今晚出現好多顆星星,各自閃耀,又彼此相伴。」和彥抬頭,望著天空說道。

「真美的星空,感謝神的同在。」喬尼仰頭附和。

洛伊跟著回應:「是啊!謝謝神賜給我們的一切。」

「的確,每顆星星都很特別,以獨特的風采,在天空中閃閃發光。」又晴面帶微笑,發出欣喜的聲音:「我們也是一樣,相聚陪伴,閃閃發光,只因一顆相信愛,可以持續跳動的心。」

國家圖書館出版品預行編目資料

心之約 The Covenant of Hearts ／戴國平
Claudia 著. --初版.--臺中市：白象文化事業有
限公司，2022. 2
　　面；　公分.
ISBN 978-626-7056-99-8（平裝）

863. 57　　　　　　　　　　　110021106

心之約 The Covenant of Hearts

作　　者　戴國平 Claudia
校　　對　戴國平 Claudia
發 行 人　張輝潭
出版發行　白象文化事業有限公司
　　　　　412台中市大里區科技路1號8樓之2（台中軟體園區）
　　　　　出版專線：（04）2496-5995　　傳真：（04）2496-9901
　　　　　401台中市東區和平街228巷44號（經銷部）
　　　　　購書專線：（04）2220-8589　　傳真：（04）2220-8505
專案主編　李婕
出版編印　林榮威、陳逸儒、黃麗穎、水邊、陳婷婷、李婕
設計創意　張禮南、何佳諠
經銷推廣　李莉吟、莊博亞、劉育姍、李佩諭
經紀企劃　張輝潭、徐錦淳、廖書湘、黃姿虹
營運管理　林金郎、曾千熏
印　　刷　基盛印刷工場
初版一刷　2022 年 2 月
定　　價　350 元

白象文化
www·ElephantWhite·com·tw

印書小舖
PRESSSTORE 出版新觀念

出版 · 經銷 · 宣傳 · 設計

自費出版的領導者　購書 白象文化生活館